KATHY BENJAMIN

Ab in die Kiste

Buch

Wie das Leben nach dem Tod so weitergeht, mag im Verborgenen bleiben, aber immerhin hat Kathy Benjamin für uns die schrägsten und komischsten Rituale rund ums Sterben ausgegraben. Die über hundert unglaublichen Geschichten sind nicht nur todernst und zum Totlachen, sondern auch voller faszinierender Fakten, unterhaltsamer Informationen und tödlicher Rekorde. Zum Beispiel:

Teuerster Leichenwagen, stillvollstes Tierbegräbnis, kleinster Grabstein – und viele andere Höhepunkte der Bestattungskultur

Wie man geschickt ein Begräbnis vortäuscht, wozu ein Smartphone im Grab gut sein kann und wie man sich auch tot von seiner besten Seite zeigt

Von Begräbnissen lebender Personen und anderen Misslichkeiten ...

Autorin

Kathy Benjamin schreibt für einige der populärsten Humor-Websites wie zum Beispiel *Cracked, Pajiba, Uproxx, Playboy's The Smoking Jacket* und in *Reader's Digest* sowie dem *Mental Floss Magazine.* Sie lebt in Texas zusammen mit ihrem Ehemann und einem »bösartigen« Hasen.

KATHY BENJAMIN

AB IN DIE KISTE

DIE DURCHGEKNALLTESTEN BESTATTUNGEN ALLER ZEITEN

Aus dem Amerikanischen
von Dieter Fuchs

blanvalet

Die Originalausgabe erschien 2013
unter dem Titel *Funerals To Die For*
bei F + W Media, Inc., Avon, Massachusetts

FSC
www.fsc.org
MIX
Papier aus verantwortungsvollen Quellen
FSC® C014496

Verlagsgruppe Random House FSC® NN001967
Das FSC®-zertifizierte Papier *Holmen Book Cream*
für dieses Buch liefert Holmen Paper, Hallstavik, Schweden

1. Auflage
Taschenbucherstausgabe Februar 2016
bei Blanvalet, einem Unternehmen der
Verlagsgruppe Random House GmbH, München

Umschlaggestaltung: © Johannes Wiebel | punchdesign, unter Verwendung
von Motiven von Shutterstock.com
AF · Herstellung: sam
Druck und Einband: GGP Media GmbH, Pößneck
Printed in Germany
ISBN: 978-3-7341-0243-1

www.blanvalet.de

Für Simon

Inhalt

Einführung

Sie werden sterben.

Das ist eine Tatsache, mit der Sie sich irgendwann abfinden müssen. Jeder Mensch wird einmal sterben, und egal, auf welches Leben nach dem Tode – oder auf welchen Mangel eines solchen – man sich zubewegt, muss der Körper, den man zurückgelassen hat, so schnell wie möglich entsorgt werden.

Wenn man es geschafft hat, sich zu einem gewissen Zeitpunkt mit der Tatsache der eigenen Sterblichkeit zu arrangieren, hat man wahrscheinlich einen letzten Willen hinterlassen, in dem steht, was mit der Leiche geschehen soll. Und wenn man so ist wie die meisten Menschen auf unserem Planeten, hat man sich etwas echt Langweiliges ausgesucht, etwa ein normales kirchliches Begräbnis oder eine Feuerbestattung mit Verstreuen der Asche an einem schönen Fleckchen Erde. Dabei gäbe es Dutzende anderer Varianten – umweltverträglichere, ziemlich unheimliche oder auch richtiggehend illegale. Warum denn nicht eine neue Tradition ins Leben rufen oder sich einen total irren Brauch bei einer anderen Kultur ausleihen? Sie möchten, dass aus Ihnen eine Lederhose geschneidert wird? Kein Problem. »I'm too sexy« von Right Said Fred mag für Sie nicht der typischste aller Trauersongs sein, und doch ist er viel populärer, als man glaubt. Verfügen Sie also ruhig, dass ein DJ ihn auflegt, während Ihr Sarg sich ins Grab senkt. Sie wollten schon immer mal ins All fliegen? Lassen Sie sich durch die kleine Unannehmlichkeit Ihres Totseins nicht davon abhalten. Letzten Endes gibt es momentan rund sieben Milliarden Menschen auf der Welt, von denen jeder einzelne eines Tages eine Beerdigung nötig haben wird. Gestalten wir sie doch so abgefahren wie möglich!

Begräbnisse zum Totlachen betrachtet rund einhundert schräge, unheimliche und teilweise eklige Formen, mit denen die Menschen über die Jahrtausende mit dem Tod umgegangen sind. Machen Sie es sich gemütlich – zur Sicherheit vielleicht nicht gerade vor oder direkt nach dem Essen – und lassen Sie uns versuchen, das Thema Begräbnis mal von der unterhaltsamen Seite zu betrachten.

Kapitel 1

Die herrlich **komische Geschichte** der Menschenbestattungen

Der Grabräuber Baptiste steht auf die Klamotten der Leichen ▶

Selbst wenn man glaubt, die Toten zu begraben sei ein sich selbst erklärender Vorgang (man buddelt ein Loch und heult ein bisschen rum), zeigt die Geschichte, dass die menschliche Vorstellungskraft grenzenlos ist, insbesondere wenn es um die Beseitigung lebloser Körper geht. Von dem Moment an, in dem die Menschheit anfing, ihre Toten zu betrauern, hat man versucht, den Prozess zu optimieren, wobei über die Jahre hinweg ein paar ziemlich schräge Rituale entstanden. Wenngleich nun einige Dinge, die anfangs noch verrückt und tendenziell widerwärtig anmuteten, heute vollkommen normal sind – eine Einäscherung etwa –, sind andere Moden wie etwa die, tote Menschen professionell fotografieren zu lassen, hoffentlich wirklich Schnee von gestern. Und auch wenn Ihnen die Vorstellung, Ihre Verwandten aus reiner Liebe aufzuessen, komisch vorkommen mag, glauben Sie etwa im Ernst, dass eine Einbalsamierung der Leiche weniger eklig ist? (Die Antwort ist Nein, nicht wirklich.)

Die ersten Begräbnisse

Anhand ritueller Bestattungspraktiken erfahren Archäologen eine Menge über die Menschheit. Genau genommen hängt der Umstand, dass Menschen auf symbolische Art und Weise beigesetzt und nicht einfach wegen des Gestanks verscharrt wurden, für die meisten Paläoanthropologen mit diversen anderen Veränderungen des menschlichen Verhaltens zusammen. Als der *Homo sapiens* anfing, seine Sprache und religiöse Glaubensvorstellungen zu entwickeln, entstanden parallel dazu Vorstellungen von Tod und Jenseits, was sorgfältig konzipierte Gräber mit sich brachte.

Die Menschen sind nicht die einzigen Lebewesen mit Bestattungspraktiken, aber unsere sind die bei weitem komplexesten. Wenngleich auch Elefanten zum Sterben ihren Elefantenfriedhof aufsuchen, kann man durchaus sagen, dass die Menschen anfingen menschlich zu werden, als sie einem Grab Gegenstände beifügten, damit die Leiche, oder zumindest deren Geist oder Seele, auch nach dem Tod darüber verfügen konnte. Es gibt Beweise dafür, dass ein paar genialisch veranlagte Vorformen des Menschen schon vor 320 000 Jahren auf die Idee kamen, die eine oder andere Steinklinge mit ins Grab zu legen, aber erst vor rund 100 000 Jahren ging es mit den rituellen Bestattungen richtig los. Als die Menschen im Besitz der Sprache waren, konnten sie anderen ihre Vorstellungen von Leben und Tod mitteilen. Binnen kurzem war es üblich, dass alle Menschen Gräber aushoben und Gegenstände beifügten, um den Geistern der Verstorbenen das Jenseits zu versüßen. Und urplötzlich standen die Menschen in Verbindung mit ihren Toten – es handelte sich nicht mehr nur um leblose Körper, sondern um jemanden, der durch ein Bestattungsritual geehrt werden konnte.

Trotzdem dauerte es noch ziemlich lange, bis jede Kultur ihre Religion und die damit einhergehenden Bestattungsrituale hatte, und auch heute noch befinden sie sich in stetigem Wandel. Technische Errungenschaften ermöglichen uns, Leichen auf eine Art und Weise zu behandeln, wie sich unsere Vorfahren das nicht hätten träumen lassen. Erst vor rund hundert Jahren wurde in der westlichen Welt etwa die Feuerbestattung salonfähig, und in der Gegenwart setzt die Bestattungsbranche jedes Jahr Milliarden von Dollar um. Mögen wir auch sehr unterschiedlicher Ansicht darüber sein, was wir glauben oder nicht, haben wir als Menschen doch eines gemeinsam: Sobald eine Leiche auftaucht, wird sie entsorgt, und zwar mittels eines über die vergangenen 100 000 Jahre immer komplizierter gewordenen Rituals. Klar, oder? Leset und staunet also, meine Freunde.

Er ist einer von den Menschen, die sich durch den Tod enorm verbessern könnten.

H. H. Munro (Saki), Schriftsteller (starb 1916)

Nicht wirklich letzte Ruhestätten

Seitdem die Menschen ihre Toten begraben, hat es gleichzeitig immer auch Leute gegeben, die sie wieder ausgebuddelt haben. Dabei ging es durchaus auch mal um das Entwenden der Leiche, meist jedoch um irgendwelche wertvollen Dinge, die mit ins Grab gewandert waren. So gut wie alle Pyramiden oder sonstigen Grabmale der ägyptischen Pharaonen wurden in den Jahrzehnten nach ihrem Tod mehrmals geplündert, bis von den Grabschätzen schließlich nichts mehr übrig war. Die Gräber chinesischer Aristokraten wurden so oft ausgeraubt, dass Archäologen jahrhundertelang glaubten, die in antiken Chroniken erwähnten Begräbniskostüme aus Jade seien nichts als eine Legende.

Die vielleicht seltsamste Grabraub-Serie fand in den 1860er Jahren über drei Jahre hinweg in Salt Lake City, Utah, statt. Unsereiner bringt vielleicht noch ein bisschen Verständnis dafür auf, dass Leute mit Geldmangel Gräber öffnen, aber Jean Baptiste – ein örtlicher Totengräber – buddelte Leichen aus, weil er ein Faible für Klamotten hatte. Und außerdem wohl einen ziemlichen Dachschaden.

Baptistes Aktivitäten wären vielleicht nie entdeckt worden, hätte ein Polizist im Jahr 1862 nicht drei Verbrecher erschossen. Zwei davon wurden von ihren Familien bestattet, doch für den dritten fühlte sich keiner zuständig. Ein großzügiger Bürger der Stadt bot an, ihm ein anständiges Begräbnis zu bezahlen, und so wurde dieser Verbrecher auf dem Friedhof von Salt Lake City beerdigt. Ein paar Monate später bekam sein Bruder dann Wind von der Sache und wollte ihn wieder ausgraben sowie an einen anderen Ort verlegen lassen. Alle waren total schockiert, als der Sarg dann geöffnet wurde und der Tote nicht das Geringste anhatte. Nicht mal eine Fliege oder einen Sombrero.

Keiner hatte auch nur die leiseste Ahnung, wo man die Suche nach dem Übeltäter beginnen sollte, deshalb gab die Friedhofsverwaltung der Polizei den Tipp, doch mal bei Jean Baptiste nachzufragen, ob er vielleicht jemand Verdächtigen am Grab gesehen hatte. Als die Bullen an Jeans Haustür klingelten, war der zwar nicht zu Hause, dafür wurden sie von seiner besseren Hälfte hereingebeten. Diese wurde später als »einfältige Frau« beschrieben, und tatsächlich schien es ihr nicht sonderlich viel auszumachen, dass überall in der Wohnung Kisten voller »fleischbehafteter« Kleidungsstücke herumstanden. Den Beamten fiel das allerdings sofort auf. Der klamottenmäßig gut ausgestattete Baptiste wurde festgenommen und beschuldigt, mehr als 300 Leichen ihrer Würde beraubt zu haben.

Brigham Young, damals Oberhaupt der Mormonenkirche und Gouverneur von Utah, wollte aus diesem furchtbaren Verbrechen keine große Sache machen und versicherte den Angehörigen, dass durch eine erneute Beisetzung aller Kleidungsstücke in einem einzigen großen Grab die Verstorbenen vollständig bekleidet auferstehen würden – also ohne herumbaumelnde Körperteile, über die Jesus sich totlachen müsste. Auf die Art vermied er, den gesamten Friedhof aufgraben und auf weitere Nackte überprüfen zu müssen, wobei sich bei einer Suche nach freiwilligen Helfern ziemlich schnell gezeigt hätte, ob es da vielleicht noch mehr Perverslinge gab. Young sorgte auch dafür, dass die Zeitungen die Sache herunterspielten, und setzte außerdem durch, dass Baptiste nicht hingerichtet, sondern nur verbannt wurde. Der modebewussteste Grabräuber der Geschichte wurde auf eine unbewohnbare Insel inmitten eines Sees verbracht, dies jedoch erst, nachdem man ihm ein wenig ganz und gar unmodische Tinte verpasst hatte. Als Teil seiner Strafe tätowierte man ihm nämlich die Worte »Branded for Robbing the Dead« (Gebrandmarkt wegen Leichenraub) quer über die Stirn. Um die Leute davon abzulenken, hätte es eine schrille Kostümierung in der Art von Lady Gaga gebraucht.

Die Stadt der Toten

Sollten Sie sich jemals in der Ecke von Russland befinden, in der immer wieder Krieg herrscht, von dort eine dreistündige Busfahrt machen und im Anschluss daran meilenweit marschieren, dann kann es gut sein, dass Sie schließlich in einer Kleinstadt mit lauter toten Menschen ankommen. Wie jedes Kind weiß, ist russischer Wodka ein echtes Teufelszeug, und je mehr Sie davon konsumieren, desto wahrscheinlicher wird dieser Ausflug.

Die »Stadt« Dargavs ist in Wahrheit eine Nekropole (griechisch für »Totenstadt«) in Nord-Ossetien, und die paar Dutzend Häuser hier sehen aus, als seien sie einem Märchen entsprungen. Seit jeher wurden sie ausschließlich für die Aufbewahrung von Toten verwendet, oder zumindest von Leuten mit dieser Tendenz. Die gruselige Surrealität des abgelegenen Ortes erzeugt im Verbund mit der öden Berglandschaft ringsherum eine geradezu klaustrophobische Stimmung. Um die Dinge noch schlimmer zu machen, wurden einige Leichen in hölzerne Kähne gelegt, was recht befremdlich wirkt, denn hier gibt es weit und breit keinen schiffbaren Wasserweg. Vermutlich glaubten die Einheimischen, dass die Toten auf dem Weg ins Jenseits einen Fluss überqueren müssen, und wollten ihnen ein wenig behilflich sein.

Die 95 Häuser mit ihren gekalkten Mauern und nach oben spitz zulaufenden Dächern sehen aus, als würden Schneewittchens Zwerge darin wohnen. Gruselig ist zunächst em ehesten, dass jedes nur ein einziges kleines Fenster hat. Sollte Ihre innere Stimme also noch immer nicht signalisieren, dass es jetzt besser wäre, so schnell wie möglich abzuhauen und die nächste Bar aufzusuchen, haben Sie vielleicht Lust, einen Blick in eines dieser Dinger zu werfen. Falls von Ihrem Verstand noch etwas übriggeblieben ist, können Sie darin jedoch lediglich ein paar Skelette bewundern.

Im 17. Jahrhundert hatte in dieser Gegend derartig die Pest zu wüten begonnen, dass um das Jahr 1800 die Bevölkerung von 200 000 auf nur mehr rund 16 000 geschrumpft war. Nachdem an diesem Berghang schon seit dem 15. Jahrhundert ein Friedhof existiert hatte, wurde die Errichtung der Gebäude eine zwingende Notwendigkeit. Immer wieder gab es nämlich Leute, deren gesamte Familie von der Pest dahingerafft wurde. Da also niemand mehr übrig war, der sie im Todesfall hätte beerdigen können, begaben sie sich in eines der Häuser und warteten auf das Unvermeidliche. Andere taten das, sobald sie die Krankheit bei sich feststellten, um sich vom Rest der Bevölkerung fernzuhalten. Fürsorgliche Mitbürger steckten dann Brot durch die kleinen Fenster, und wenn jemand die Pest tatsächlich überlebte, ging er einfach wieder nach Hause. Als man sich irgendwann an den Anblick der Häuschen gewöhnt hatte, fingen die Einheimischen an, für verstorbene Angehörige dort am Berghang eigene Grabhäuser zu errichten.

Durch eine nebelverhangene Geisterstadt zu spazieren, ist eine echt gruselige Erfahrung. Dazu kommt noch, dass einem regionalen Gerücht zufolge niemand, der diese Stadt betritt, sie jemals wieder lebendig verlässt. Wir gehen mal davon aus, dass das nicht die Leute betrifft, die dort ihre Toten beerdigen, denn sonst wäre es ja so, dass ein einziges Begräbnis eine komplette Familie auslöschen würde – außer natürlich, die Pest wäre schneller.

Ich gebe mir Mühe, korrekt zu sterben, aber es ist einfach furchtbar schwer.
Lawrence Durrell, Schriftsteller (starb 1990)

Katakomben

Im Mittelalter wurde Paris ein immer beliebterer Ort zum Leben. Sehr zum Nachteil der Leute, die auf Leichen recht gut verzichten konnten, bedeutete das nach französischer Logik, dass es auch ein immer beliebterer Ort zum Sterben wurde. Als die Städte im Zuge der Urbanisierung bis dicht an die Kirchen heranwuchsen, konnten diese irgendwann ihre Friedhöfe nicht mehr vergrößern. Trotzdem wollten die Leute dort beerdigt werden, Platz hin oder her, denn auch im Tod war niemand bereit, die schönste Stadt der Welt zu verlassen und in die Vororte zu ziehen. Bald war selbst der größte städtische Friedhof randvoll mit menschlichen Überbleibseln. Die Wasserversorgung litt unter Verunreinigungen und der Gestank wurde unerträglich. Es gab schlicht und einfach nicht genug Platz, um die Toten weiterhin in nächster Nähe der Lebenden aufbewahren zu können.

Zum Glück wies irgendjemand auf die Tatsache hin, dass unter dem Großteil der Stadt bereits Tunnel existierten, seit man sich ein paar Jahrhunderte vorher in Sachen Bergbau versucht hatte. Zwischen 1786 und 1788 exhumierten die Bewohner der »Stadt des Lichts« buchstäblich jeden einzelnen Toten und verstauten die sterblichen Überreste ihrer Bürger in den neu eingesegneten Katakomben. Und weil eine eher schlichte Raumgestaltung in Paris so was von gar nicht geht, wurden die Knochen entlang des Großteils der Tunnel zu drei Meter hohen Wänden aufgestapelt. Baumaterial gab es ja zur Genüge, denn schätzungsweise befinden sich da unten die Überreste von sechs Millionen Menschen. Quasi über Nacht wurden die Katakomben zu einer beliebten Touristenattraktion, wobei zumindest eine Person im Jahr 1793 verlorengegangen und gestorben zu sein scheint. Während des Zweiten Weltkriegs wurden die Tunnel sowohl von der Résistance als auch von den Nazis genutzt (was man sich wie das Wirklichkeit gewordene Computerspiel *Doom* vorstellen muss). Noch heute erfreuen sich die Katakomben großer Beliebtheit, wobei die Tunnel schuld daran sind, dass es in Paris so gut wie keine hohen Gebäude gibt, denn ein entsprechend großes Fundament hätte sie zumindest teilweise zerstört.

Im Grunde fühlt man sich vor jeder Wand aus anonymen Knochen ziemlich unbedeutend, trotzdem: Noch gruseliger als die Pariser Katakomben ist die Kapuzinergruft von Palermo. Als es im 16. Jahrhundert auf dem Friedhof des Klosters eng wurde, hob man darunter eine Gruft aus. Auf raffinierte Art und Weise ließ man die Leichen verstorbener Mönche in den Katakomben austrocknen und stellte sie daraufhin in ihren schönsten Klamotten aus. Schnell fanden die reichen Leute der Stadt, dass das doch viel lustiger war, als einfach zum Verrotten in die Erde gelegt zu werden – denn wozu kauft man den teuren Begräbnisfummel, wenn keine Sau ihn sehen kann? Gegen Geld beerdigten die Mönche in der Gruft also auch Leute von außerhalb des Klosters, wobei sie sich bei Ausstattung der Leichen sogar nach der jeweils neuesten Mode richteten.

Solange sie die Zahlungen aufrechterhielten, waren Familien herzlich eingeladen, ihre verstorbenen Angehörigen zu besuchen. Wenn kein Geld mehr floss, verlegten die Mönche die jeweilige Leiche vom ursprünglichen Regalplatz an einen schlechter zugänglichen Ort. Irgendwann gab es so viele Tote, dass die Mönche sie in unterschiedliche Bereiche aufteilten und Frauen, Kindern oder auch Jungfrauen separate Korridore und Nischen widmeten. Wenngleich die Beerdigungen in den 1920ern endgültig eingestellt wurden, kann man die Toten auch heute noch besichtigen. Viele liegen in Wandregalen, etliche der besser erhaltenen hängen an Haken von der Wand. Manche Familien haben ihre verstorbenen Angehörigen sogar mit einer speziellen Pose in die Ewigkeit geschickt.

Die Drinks gehen auf den Toten

Mögen Begräbnisse auch Anlässe zum Trauern sein, wird von den Ausrichtern doch immer erwartet, dass eine Bewirtung der Gäste stattfindet. Denn nur weil der Typ da im Sarg nichts mehr konsumiert, heißt das ja nicht automatisch, dass auch der Rest der Leute auf Fingerfood und Alkohol zu verzichten bereit ist. Und da es außerdem so ist, dass die meisten Leute nicht alle Freunde des Verstorbenen persönlich kennen, konnten vollkommen unbeteiligte Personen das schon immer schamlos ausnutzen und eine Gratismahlzeit abstauben.

Diese Begräbnis-Crasher werden Placebos genannt. (Jawohl, unsere heutige Verwendung des Wortes *Placebo* stammt von diesen Leuten, die »lügen, um zu gefallen«, genau wie falsche Tabletten.) Im katholischen Totenoffizium lautet die erste gesungene Zeile: »Placebo Domino in regione vivorum« (»Ich werde dem Herrn gefallen im Lande der Lebenden«). Über kurz oder lang wurden die Leute, die an dem Ritus teilnahmen und mitsangen, nach dem ersten Wort dieses Stundengebets als »Placebo-Sänger« bezeichnet. Dass an der Placebo-Einlage Fremde teilnahmen, um in den Genuss einer kostenlosen Mahlzeit zu gelangen, scheint im 14. Jahrhundert recht verbreitet gewesen zu sein, denn der englische Schriftsteller Geoffrey Chaucer gab einen entsprechenden Hinweis in seinen *Canterbury Tales*. Doch auch heute kommt das noch vor. Da die meisten Begräbnisse ja im Grunde öffentliche Veranstaltungen sind und auch noch in Zeitungen oder Gemeindebriefen angekündigt werden, gibt es für interessierte Besucher so gut wie kein Hindernis. Und auch wenn die Hinterbliebenen Angst vor ungebetenen Gästen haben sollten, sind sie beim Begräbnis selbst doch viel zu sehr mit anderen Dingen beschäftigt, als dass sie kontrollieren könnten, ob sich auch wirklich jeder, der da mit einem Blätterteigpastetchen in der Hand herumsteht, mindestens einmal im Leben mit dem Verstorbenen unterhalten hat.

Der polnische Schriftsteller Witold Gombrowicz lebte verarmt in Argentinien und soll sich Berichten zufolge in den 1950ern und 1960ern mit dem Besuch von Begräbnis-Buffets über Wasser gehalten haben. Im Jahr 2007 hörte die britische Fernsehmoderatorin Victoria Coren von einer Gruppe, die Begräbnisse besuchte, um sich kostenlos volllaufen zu lassen, und beschloss, ihnen das Handwerk zu legen. Sie setzte eine Todesanzeige für einen frei erfundenen Sir William Ormerod in die Zeitung und wies dabei darauf hin, dass es im Anschluss an das Begräbnis einen Umtrunk geben würde. Die Schmarotzer setzten sich tatsächlich mit Coren in Verbindung, um an der Feier teilnehmen zu können, und schworen nicht nur Stein und Bein, das Produkt ihrer Phantasie zu kennen, sondern auch, dass ein letztes Besäufnis auf Kosten des Verstorbenen hundertpro in dessen Sinn wäre.

Das berühmteste Placebo der jüngeren Zeit war der neuseeländische Künstler Reese Tong. Die dortigen Bestattungsunternehmer gaben ihm (in Anspielung auf den »Grim Reaper«, den Sensenmann) den Spitznamen »Grim Eater«, weil er Woche für Woche bei bis zu vier Begräbnissen auftauchte, um sich den Bauch vollzuschlagen. Er gab sich dabei keineswegs mit der reinen Anwesenheit zufrieden, sondern brachte im Rucksack Tupperschüsseln mit, die er mit Resten vom Buffet füllte, sobald die Gastgeber wegschauten. Man kam ziemlich schnell drauf, dass dieser Mann unmöglich all diese Toten kennen konnte, weshalb das Personal ihn beiseitenahm und ihm sagte, er solle sich in Zukunft fernhalten. Als das nicht wirkte, warnte man andere Kunden des Hauses vor ihm und verschickte schließlich sein Foto mitsamt Beschreibung seines Vorgehens an alle Begräbnisinstitute der Region. Aber seien wir ehrlich: Er gab sich Mühe, war immer anständig angezogen und erwies dem Verstorbenen gemeinsam mit den anderen Trauergästen die letzte Ehre. Über jeden der geladenen Gäste kann man das ja schließlich nicht sagen.

Begräbnisschutz für Untote

Im Mittelalter hatte Europa ein Problem. Klar, Hygiene war ein Fremdwort, das Pest-Ding war am Laufen und die Sterblichkeitsrate unter aller Kanone, außerdem steckte die medizinische Versorgung noch in den Kinderschuhen, um es mal vorsichtig auszudrücken. Aber das wirkliche Problem war die starke Zunahme von Vampiren – die Leute wollten einfach nicht aufhören, von den Toten aufzuerstehen. Zumindest hat das der Freund eines Freundes erzählt, und wenn man dem, was eine vollkommen unbekannte Person gesagt haben soll, nicht trauen kann, wem bitte dann?

Es waren auch nicht die netten, arbeitsamen Leute, die aus den Gräbern stiegen, deshalb präparierte man unerwünschte Personen (Fremde, Mörder, alleinstehende Frauen etc.) bei einem plötzlichen oder mysteriösen Tod so, dass sie keinesfalls als Vampire oder Zombies wiederkehren und ihr blutiges Handwerk vollbringen konnten. Jede Epoche hatte bezüglich dieser Begräbnisrituale ihren ganz eigenen Ansatz, was der Vampirverhütung einen gewissen Ethno-Touch verleiht. Man kann das mit den regionalen Küchen vergleichen: Was in Frankreich als perfekte Methode der Leichenverstümmelung gelten mag, kann in Russland so beliebt sein wie ein Teller Froschschenkel.

Erste Versuche, die Toten von der Auferstehung abzuhalten, gab es allem Anschein nach bereits um das Jahr 700 n. Chr. in Irland, was ziemlich erstaunlich ist, wenn man bedenkt, dass erst viele Jahrhunderte später jemand die Bezeichnung »Vampir« prägte und dann weitere Jahrhunderte vergehen sollten, bis Stephenie Meyer sie für immer ruinierte, indem sie in der Sonne glitzern mussten. Erst unlängst entdeckten Archäologen zwei getrennt voneinander begrabene Skelette, die beide große Steine im Mund hatten. Und diese Steine waren im Lauf der vergangenen 1300 Jahre nicht irgendwie dorthin gelangt, sondern stellten ganz klar den verzweifelten Versuch dar, die Toten in der Erde zu halten. Man hatte sie gewaltsam hineingezwängt und dabei im einen Fall dem Mann fast den Kiefer ausgerenkt. Was vermutlich trotzdem weniger schmerzhaft war als ein Besuch beim Kieferorthopäden. Diese Großer-Stein-im-Mund-Technik muss tatsächlich bewirkt haben, dass die Typen sich nicht von der Stelle rührten – immerhin sorgte sie für eine gewisse »Bettschwere«. Ein anderes Archäologenteam fand in Italien ein Skelett aus dem 16. Jahrhundert, dem ein Ziegelstein in den Mund gestoßen worden war, was zeigt, dass die Untoten-Technik über 800 Jahre bzw. 1500 Kilometer hinweg keine wesentlichen Fortschritte gemacht hatte.

Die bekannteste Methode, um einen Vampir in der Erde zu halten, ist natürlich, ihm einen Pfahl ins Herz zu bohren, und so etwas gab es nicht nur in schlechten Gothic-Romanen, sondern auch im wirklichen Leben. Erst 2012 wurden in Bulgarien zwei Leichen entdeckt, die ebenso wie rund hundert ältere Schicksalsgenossen mit einem Holz- oder Metallstab durchbohrt waren. Die Bulgaren hatten offenbar dringend Nachhilfe darin nötig, wie man Steine in Münder legt.

Aber bevor Sie jetzt über diese verrückten Mittelalter-Typen mit dem kleinen Gehirn lachen, sollten Sie wissen, dass derartige Techniken bis ins frühe 20. Jahrhundert auch in Amerika zum Einsatz kamen. Selbstmörder beerdigte man dort manchmal an Wegkreuzungen oder mit einem Pfahl auf dem Grab, um ihren ruhelosen Seelen die Rückkehr zu erschweren. Das berühmteste Vampir-Ereignis fand allerdings in den 1890er Jahren in Neuengland statt. Dort starben eine gewisse Mary Brown sowie ihre Töchter Mary Olive und Mercy kurz nacheinander an der Tuberkulose. Klar war die Familie traurig, aber so etwas passierte damals öfters. Als dann aber ihr Sohn/Bruder erkrankte, gab es für die Nachbarn nur die eine Erklärung, dass eine der Verstorbenen ein Vampir war und den armen Jungen krank gemacht hatte. Eine empörte Menschenmenge exhumierte alle drei Leichen und stellte fest, dass bei den beiden Marys der Verwesungsprozess eingesetzt hatte, Mercy hingegen für eine tote Person ziemlich gut aussah. Sie hatte auch ihre Position verändert und lag jetzt nicht mehr auf dem Rücken, sondern auf der Seite. Das konnte nur bedeuten, dass sie eine lebende Tote war – und nicht etwa, dass die Totengräber aus Versehen den Sarg gekippt und sie ins Rollen gebracht hatten. Da es sich also ganz offenbar um einen Vampir handelte, schnitt der Vater ihr das Herz aus dem Leib, schlitzte es auf, verbrannte es dann, vermengte die Asche mit Wasser und zwang den Rest der Familie, dieses Gebräu zu trinken, auf dass ab jetzt keiner mehr krank würde. Auch wenn diese Mixtur vielleicht nicht sonderlich effektiv war, schmeckte sie mit Sicherheit besser als irgendwelche Erkältungsmittel aus dem Reformhaus. Historiker vermuten, dass derartige Herzverbrennungen im 18. und 19. Jahrhundert über einen Zeitraum von 150 Jahren in Neuengland nichts Ungewöhnliches waren. Und auf einmal wirken diese mittelalterlichen Bulgaren verdammt fortschrittlich, stimmt's?

Untersuchungen zufolge ist die größte Angst der Menschen, öffentlich reden zu müssen. Die zweitgrößte ist der Tod ... Das heißt für die meisten Leute, dass sie bei einem Begräbnis im Sarg besser dran sind, als wenn sie die Trauerrede halten müssten.

Jerry Seinfeld, Komiker

Ganz Feuer und Flamme!

Je nachdem, wo man lebt, ist das Verbrennen der Toten entweder ein uralter Brauch oder ein moderner Stein des Anstoßes. So oder so ist es nicht nur eine total abgefahrene Grillparty, sondern zudem eine super Garantie dafür, dass der Assistenzarzt, den die geizige Familie für einen ausgesucht hat, die Sache mit dem »Tod« auch richtig diagnostiziert hat.

Der Anteil der Kremationen ist von Land zu Land unterschiedlich, wobei 99 Prozent der Japaner sich für eine Einäscherung nach dem Tod entscheiden, bei den Polen hingegen nur zehn Prozent der Bevölkerung. Dazu muss man sich klarmachen, dass die Kremation in Fernost eine lange Tradition hat, in der westlichen Welt hingegen als antireligiös, heidnisch und suspekt eingeschätzt wurde, bis ein gesetzesflüchtiger und bis zur Unkenntlichkeit verkleideter Verbrecher in Europa und den USA das Gespräch auf dieses Thema brachte. Mit Dr. William Price erreichte die Diskussion ihren Wendepunkt im Jahr 1884, denn wenn jemand präzise und rationale Entscheidungen bezüglich des Todes treffen konnte, dann die Viktorianer.

Seit 1968 gibt es in Großbritannien mehr Kremationen als Beerdigungen. Aber nicht einmal hundert Jahre vorher hatte kein Mensch gewusst, ob das Verbrennen von Leichen überhaupt legal war. Zwar hatte es Kremationen gegeben, nur wurden sie nicht groß bekanntgemacht, denn schließlich mussten Grußkarten mit dem Aufdruck »Herzliche Einladung zur Kremation!« erst noch ins Sortiment vom dm-Markt aufgenommen werden. 1879 errichtete man in London ein Krematorium, doch aufgrund der erhitzten Diskussionen innerhalb der Gesellschaft wurde dort in den sechs darauffolgenden Jahren nur ein einziges Pferd verbrannt. Es kam zur Gründung von Kremationsvereinen (den reichen Leuten war im 19. Jahrhundert so was von langweilig), die das Land von den Vorteilen der Einäscherung zu überzeugen versuchten, unter anderem mit dem Argument, dass den nichtjüdischen Viktorianerinnen auf diese Art das Eindringen von Maden und Würmern in ihren Leichnam erspart bliebe, was allgemein als wenig ladylike angesehen wurde. Aber die öffentliche Meinung war gegen sie. Die gesamte Bestattungszunft war bemüht, Kremation als ernstzunehmende Alternative auszuschließen, und da Einbalsamierer und Sargbauer befürchteten, über kurz oder lang arbeitslos zu werden, initiierten sie eine eigene Kampagne, bei der vermutlich heute längst veraltete Reklamesprüche wie »Sei kein Brenner!« zum Einsatz kamen.

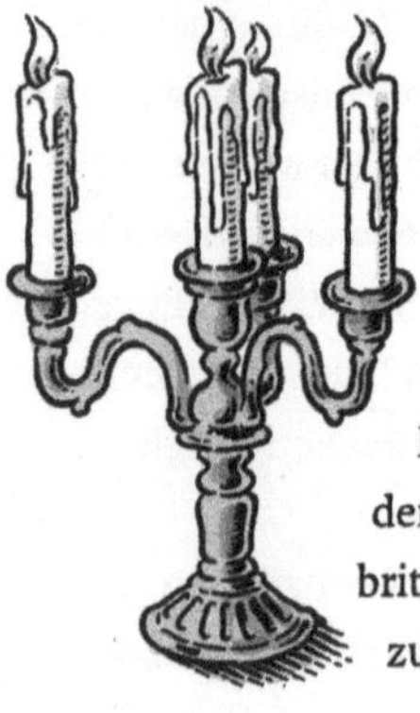

Das war das Stichwort für den verrückten Waliser. Dr. Price war von Haus aus Arzt und gleichzeitig Anhänger der kontroversesten politischen Ideen seiner Zeit, darunter Sozialismus, Vegetarismus, freie Liebe und das allgemeine Wahlrecht (außer natürlich für Frauen, denn das wäre ja total krank). Nachdem er wegen drohender Verhaftung aus Großbritannien geflohen war, fasste er den Entschluss, zurückzukehren und Wales von der englischen

Tyrannei zu befreien. Die beste Vorgehensweise schien ihm dabei eine Selbsternennung zum Druiden zu sein, begleitet von einer vermeintlich »traditionellen« Kostümierung: Fuchsfellmütze, durchgängig grüne Kleidung und langer Bart. Denn nichts wirkt ja seriöser, als sich wie der Nikolaus am Waschtag anzuziehen. Im Alter von 81 Jahren zeugte Price einen Sohn, den er Jesus Christus nannte, was eindeutig belegt, dass Prominente ihren Kindern schon immer schräge Namen gegeben haben. Leider verstarb der Kleine nach fünf Monaten, woraufhin der Doktor verkündete, er werde die Leiche auf einem Scheiterhaufen verbrennen.

Als Dr. Price mit der Kremation des Kindes beginnen wollte, rückten die Bullen an, woraufhin er festgenommen und vor Gericht gestellt wurde. Wie der Richter dann allerdings ausführte, war Kremation zwar nicht salonfähig, aber vom Gesetz her keineswegs verboten, was bedeutete, dass die einzige Konsequenz wohl die sei, nicht mehr zum Tee eingeladen zu werden. Nach englischem Recht war die Praxis somit gesetzmäßig. Price verbrannte seinen Sohn, und langsam aber sicher taten andere es ihm nach. In Großbritannien und den USA gab es heftige Proteste vonseiten christlicher Verbände, wobei dahingehend argumentiert wurde, dass Jesus für die spätere Auferstehung vollständige Körper zur Verfügung haben müsse. Zahlreiche Bischöfe brachten die Kritiker indessen zum Schweigen, indem sie erwiderten, ein Gott, der zu Staub gewordene Tote zum Leben erwecken könne, hätte wohl auch kein Problem mit solchen, die nur mehr aus Asche bestanden. Wozu Dr. Price, hätte er auch nur einen Funken Selbstironie besessen, gesagt haben dürfte: »Da bin ich Feuer und Flamme!«

Postmortale Fotografie

Zu behaupten, die Viktorianer waren vom Tod besessen, ist ein bisschen so, als würde man Nerds eine Neigung zu Star Wars nachsagen. Ihre Trauergepflogenheiten waren fast so kompliziert, teuer und gesellschaftlich wichtig wie Hochzeiten – in manchen Fällen sogar noch mehr. Dabei hatten diese todesbesessenen Möchtegern-Goths das Glück, durch den Fortschritt der Technik so gut wie immer eine Leiche betrachten zu können.

Für die Mittelschicht war es über Jahrhunderte vollkommen unerschwinglich gewesen, das Gemälde eines geliebten Menschen anfertigen zu lassen, doch mit dem Aufkommen der Fotografie musste man für ein Porträt nicht mehr stundenlang stillsitzen, sondern nur ein paar Minuten. Trotzdem waren Fotografien immer noch nicht billig, weshalb viele Familien nach wie vor darauf verzichteten – zumindest bis zu dem Zeitpunkt, an dem jemand starb. Da wurde dann auf einmal allen bewusst, dass sie eigentlich doch ganz gerne ein Erinnerungsbild des Verstorbenen hätten, Kohle hin oder her. Heutzutage würden wir uns wahrscheinlich damit abfinden, dass die Sache gelaufen ist und es eher uncool bis gruselig wäre, die Leiche im Sarg zu fotografieren. Die Viktorianer hingegen fanden das nicht nur schicklich, sondern sogar schön – und wer zum Teufel braucht dazu überhaupt einen Sarg?

Aufgrund dieser Einstellung stieg die Totenfotografie zu einer der populärsten Modeerscheinungen des Jahrhunderts auf. Tatsächlich wurden in den sechzig Jahren nach 1840 weit mehr Bilder von toten als von lebenden Personen gemacht. Und wo Königin Viktoria ihrem geliebten Albert Unsterblichkeit in Form der Marmorbüste verlieh, die sie nach seinem Tod mit auf jedes

Familienporträt nahm, waren ihre mittelloseren Untertanen gezwungen, direkt neben den Toten zu posieren. Entweder platzierte man die Leichen so, dass sie aussahen, als seien sie lebendig – wozu man ihnen die Augen öffnete –, oder man legte sie hin, als würden sie friedlich schlafen. Dennoch kann man meist ziemlich leicht erkennen, welches Familienmitglied nun das tote ist. Für ein Bild zu posieren, bedeutete damals, dass man zehn bis fünfzehn Minuten lang absolut stillhalten musste, was heute vielleicht mit einer MRT-Untersuchung vergleichbar wäre. Nur die geringste Bewegung, und die Aufnahme wäre verwackelt. Nun waren die Toten – was nicht wirklich überrascht – ziemlich gut im Stillhalten, deshalb waren ihre Konturen im fertigen Bild immer die schärfsten, auch wenn während der Belichtung ein Körperteil verrutscht oder ganz abgefallen war. Die Leute trugen diese Fotos bei sich, fassten sie in Medaillons und stellten sie gut sichtbar in der Wohnung auf. Heutzutage ist Todesfotografie zum Glück nur etwas für Kriegsreporter, Gerichtsmediziner sowie moderne Künstler, die ein bisschen Aufsehen erregen wollen.

Mit dem Tod sagt uns die Natur, dass wir es jetzt ein bisschen langsamer angehen sollen.

Dick Sharples, Autor

Leichen in der Wissenschaft

Jahrhundertelang haben Ärzte sich für ihre medizinischen Forschungen um Leichen im Topzustand bemüht, wobei es heutzutage per Verfügung möglich ist, seinen Körper nach dem Tod der Wissenschaft zu überlassen. Manche Leute tun das für den Fortschritt, andere, weil sie so die Kosten für das Begräbnis sparen, und manch ein gutgebauter Typ will vermutlich sehen, ob er nicht die eine oder andere Ärztin beeindrucken kann.

Als die Ärzte ursprünglich anfingen, an Leichen herumzuoperieren, konnte man seinen Körper nicht einfach der Wissenschaft zur Verfügung stellen. Rein rechtlich gesehen war es sogar streng verboten, an Leichen herumzuschnippeln. Irgendwann wurden die Gesetze geändert und man überließ der Wissenschaft die Leichen hingerichteter Schwerverbrecher, denn im Gegensatz zu normalen Menschen, die es ja verdient hatten, am Stück beerdigt zu werden, spielte das bei Kriminellen keine Rolle. Im Gegenteil, es wurde sogar als zusätzliche Strafe angesehen: Obwohl sie wussten, dass man sie töten würde, waren Sträflinge viel eher zur Zusammenarbeit mit der Polizei bereit, wenn das bedeutete, dass man sie so nicht zur Sektion freigeben würde.

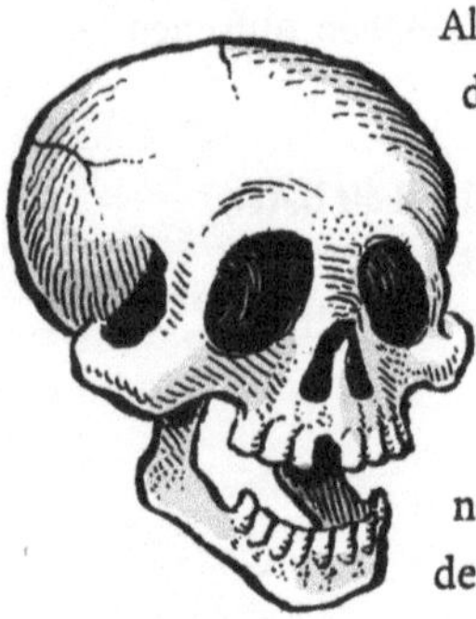

Als dann nach und nach bekannt wurde, dass der Mensch von innen überraschend cool aussah, äußerten auch Privatpersonen, die nicht medizinischen Kreisen angehörten, den Wunsch, dabei zuzusehen, wie einem Serienmörder die Innereien herausgezogen wurden. Bald stellten Leichensektionen eine richtiggehende Attraktion dar, für deren Besuch die Zuschauer viel Geld bezahlten. Auch Frauen waren zunehmend mit von der Partie, und zur Erheiterung aller holte der Arzt gerne mal weibliche Zuschauer von den Rängen, damit sie die Leiche berührten. Da sieht man mal, womit die Leute sich vor Erfindung des Fernsehens so vergnügten.

Sektion war indessen nur eines der spaßigen Dinge, die man mit toten Verbrechern machen konnte. Der italienische Wissenschaftler Giovanni Aldini erforschte die Zusammenhänge von Elektrizität und menschlichem Körper, womit hier nichts anderes gesagt sein soll, als dass er tote Typen quasi auf den elektrischen Stuhl setzte. Wie er schnell feststellte, war das viel zu lustig, um es für sich zu behalten, und demgemäß präsentierte er seine Methode im Jahr 1803 einem Londoner Publikum. An Gesicht und Gliedmaßen von George Foster, einem Mann, der Frau und Kind getötet hatte, brachte Aldini Elektroden an, woraufhin der Mörder die Augen öffnete und mit den Muskeln zuckte. Doch Aldini war noch lange nicht fertig. Da ja kaum Gefahr bestand, sich im Umgang mit der Leiche eines Familienvernichters den Vorwurf übertriebener Respektlosigkeit einzuhandeln, schob der Wissenschaftler dem Toten einen elektrischen Stab in den Arsch. Das Publikum rastete komplett aus, als Foster sich daraufhin aufsetzte. Aldini wurde durch dieses bizarre Spektakel derart berühmt, dass Historiker vermuten, er sei für Mary Shelley die Inspirationsquelle für ihren Frankenstein gewesen.

Irgendwann reichten die hingerichteten Verbrecher nicht mehr aus, um alle sektionssüchtigen Zuschauer und Ärzte befriedigen zu können. Was nun allerdings keine »Spenden«-Strategie, sondern eher eine »Grabraub«-Strategie zur Folge hatte. Wenn deine Familie nicht aufpasste und bis zur einsetzenden Fäulnis ein paar Nächte lang an deinem Grab Wache hielt, war es nicht unwahrscheinlich, dass jemand ankam und die Leiche wieder ausgrub. Das war keineswegs persönlich gemeint; solche Grabräuber waren bekannt dafür, auch die eigenen Familienangehörigen auszubuddeln und zu verhökern, solange nur der Preis stimmte.

Die berühmtesten Leichendiebe aller Zeiten waren die beiden Schotten William Burke und William Hare. Allerdings fanden sie die ganze Buddelei ziemlich lästig und ersparten sich die Mühe, indem sie siebzehn Leute umlegten und daraufhin die Leichen verkauften. Als sie festgenommen wurden und der Regierung klarwurde, was die Leute im Namen der Wissenschaft alles zu tun bereit waren, wurden die Bestimmungen für den Umgang mit Leichen gelockert. Aus dem Grund kann heute jedermann dem medizinischen Fortschritt unter die Arme greifen und seine Leiche zur weiteren Verwendung freigeben. Man sollte sich nur klar darüber sein, dass die Dinge sich nicht wirklich ändern: Selbst die staatlichen Hochschulen für Medizin geraten bis zum heutigen Tag in Schwierigkeiten, weil sie nicht benötigte Körperteile einfach weiterverkaufen.

Der Tod ist eine haarige Angelegenheit

Im August 2012 wurde gemeldet, dass man die konservierte Leiche von Julia Pastrana jetzt endlich ordnungsgemäß bestatten würde, und das nicht einmal 152 Jahre nach ihrem Tod. Sicher, die meisten Menschen tendieren dazu, ihre Angehörigen sofort nach deren Verscheiden zu beerdigen, nur beschloss eben Julias Ehemann, das nicht zu tun, und zwar aus einem einfachen, wenngleich ziemlich krankhaften Grund: Sie war selbst im toten Zustand ganz schön viel Geld wert. Heutzutage verdienen Familien sich nach dem Tod eines Angehörigen entweder anhand des Songkatalogs dumm und dämlich (Elvis, Kurt Cobain) oder durch die Versteigerung des Geschmeides (Elizabeth Taylor). Aber im 19. Jahrhundert konnten die Hinterbliebenen berühmter Personen nur dadurch ein bisschen was dazuverdienen, indem sie die Leiche ausstellten. Wobei man fairerweise sagen muss, dass so etwas auch heute noch funktionieren würde. Sie hätten es mit Michael Jackson probieren sollen – den hätte man nicht mal richtig einbalsamieren müssen.

Julia Pastrana war in ihrem kurzen Leben eine weltberühmte Kuriosität gewesen. In Mexiko gebürtig, wurde sie von ihrer Mutter an Theodore Lent verkauft, der sie ab da managte und mit ihr unter Bezeichnungen wie »The Nondescript« (etwa: die Undefinierbare) oder »Die Affenfrau« durch die Welt reiste. Heute würden wir ihren Zustand als Hirsutismus bezeichnen: Von Geburt an war ihr Körper mit einer dichten und dauerhaften Schicht schwarzer Haare bedeckt. Die berühmteste bärtige Frau ihrer Zeit hatte ungewöhnlich große Ohren, eine breite Nase sowie einen ausladenden Kiefer, der sie im Verbund mit all den Haaren wie einen Affen aussehen ließ. Abgesehen davon wirkte sie dem Vernehmen nach äußerst damenhaft: Sie hatte zarte Hände und Füße, kleidete sich stets nach der neuesten Mode und zwängte ihre Taille in ein enges Korsett.

Lent fand sie zweifellos attraktiv. Er brachte ihr das Tanzen sowie drei verschiedene Sprachen bei und heiratete sie zu guter Letzt auch noch. Dass diese Ehe nicht rein geschäftlich motiviert war, zeigte sich, als Julia schwanger wurde. Traurigerweise starb der gemeinsame Sohn kurz nach der Geburt, und vier Tage später folgte ihm Julia mit gerade einmal 26 Jahren. Ihr Gatte war zwar zu Tode betrübt, wollte jedoch auf seine Geldquelle Nummer eins nicht verzichten. Da auch der Sohn mit dichter Körperbehaarung zur Welt gekommen war, ließ

Lent sowohl ihn als auch die Mutter des Kindes einbalsamieren und machte sich dann mit seiner toten Familie nach Europa auf, wo ihre Popularität ungebrochen war. Wo immer sie auftauchten, standen die Leute zu Tausenden Schlange und zahlten Eintrittsgelder in Höhe von bis zu drei Tagesgehältern, nur um die haarige Familie sehen zu können. Auch nachdem Lent eine andere bärtige Frau gefunden und geheiratet hatte, hörte er nicht auf, seine tote Gattin vor großem Publikum zu präsentieren. Schlussendlich wurde er wahnsinnig und verstarb 1884.

Julias Leiche blieb der Öffentlichkeit fortan verborgen, bis sie dann 1921 in Norwegen erneut ausgestellt wurde. In den 1970ern war eine Amerikatournee im Gespräch, die aber glücklicherweise nie zustande kam. Die Leiche wurde gestohlen und blieb elf Jahre lang vermisst, bevor sie im Jahr 1990 wieder auftauchte. Trotzdem kam erst im Jahr 2012 jemand auf die Idee, dass man diese arme Frau und ihr Kind jetzt doch endlich mal beerdigen könnte.

Bei einem Begräbnis werden derart nette Dinge über den Verstorbenen gesagt, dass ich es traurig finde, mein eigenes um ein paar Tage zu verpassen.

Garrison Keillor, Schriftsteller und Radiomoderator

Der wichtigste Schönheitstipp fürs Jenseits

Jede menschliche Gemeinschaft musste sich zu einem gewissen Zeitpunkt mit dem Problem ihrer verrottenden Leichen auseinandersetzen, denn über sämtliche Differenzen hinweg sind wir uns einig, dass ein verwesender Körper ziemlich unangenehm riecht. Manche Religionen fordern ein sofortiges Begräbnis, um das Gesundheitsrisiko so gering wie möglich zu halten. In anderen Kulturen hat man auf unterschiedliche Art und Weise versucht, den Geruch zu unterdrücken und Leichen bis zum Begräbnis ein paar Tage oder auch Wochen zu konservieren. Bei etlichen dieser Versuche, unter anderem bei der Mumifizierung, war es nicht möglich, einen letzten Blick auf die unversehrte Leiche zu werfen. Als sich in der westlichen Welt bei Bestattungen der offene Sarg durchsetzte, mussten Mittel und Wege gefunden werden, die Leiche in ansehnlichem und gleichzeitig hygienischem Zustand zu bewahren. Seltsamerweise entwickelte der Erfinder der Einbalsamierung, wie wir sie heute noch kennen, die Methode aus ganz egoistischen Gründen.

Thomas Holmes studierte in den 1840er Jahren Medizin und hatte im Zuge dessen bereits etliche Kadaver seziert. Die damaligen Methoden der Konservierung (Unmengen von Arsen und Quecksilber) waren für die Studenten jedoch äußerst gesundheitsschädlich. Als ob die Herumschnippelei an toten Leuten nicht schon schlimm genug wäre, waren die zukünftigen Doktoren sich völlig im Klaren darüber, dass sie aufgrund dieser Gifte von einem Tag auf den anderen selbst auf dem Seziertisch landen konnten. Holmes hatte den Eindruck, das müsse auch anders gehen. Inspiriert von französischen und amerikanischen Ärzten perfektionierte er seine Technik kurz vor Beginn des amerikanischen Bürgerkriegs. Besser hätte sein Timing nicht sein können.

Während des Krieges war es ungemein wichtig, Leichen für die lange Zugreise von den Schlachtfeldern in die Heimat konservieren zu können, denn sonst hätte es Beschwerden vonseiten der lebenden Passagiere gehagelt, die sich durch den Gestank aus den Gepäckwaggons gestört fühlten. Das musste nicht nur schnell geschehen, sondern zudem in großer Anzahl. Bei Kriegsende waren insgesamt rund 40 000 gefallene Soldaten einbalsamiert worden, zehn Prozent davon von Holmes persönlich, und zwar für ein damals exorbitantes Honorar von zwischen 25 und 100 Dollar pro Stück. Berühmt wurde der Doktor durch die Einbalsamierung von Colonel Elmer Ellsworth, seines Zeichens erstes prominentes Kriegsopfer. Die Leiche des jungen Colonel wurde in Washington aufgebahrt, und die Presse berichtete über die positiven Auswirkungen der Einbalsamierung. Offenbar war an dem Tag sonst nicht viel los.

Dr. Holmes wurde der angesagteste Einbalsamierer. Nach dem Krieg hieß es dann, der Doktor hätte ein paar seiner besten Stücke behalten und bei sich zu Hause herumstehen. Klar war das ziemlich morbide, aber irgendwie doch so wie bei anderen Künstlern, die stolz auf ihre Arbeit sind, nur dass eben hier die Kunstwerke auf der Couch saßen und einen aus toten Augen anstarrten, wenn man zu Besuch kam.

Nun konnten aber Leichen, die von Einschüssen durchlöchert waren, nicht einmal durch Einbalsamierung in einen zumindest einigermaßen schönen Zustand zurückversetzt werden, was noch während des Krieges zur Gründung des offiziellen Verbandes der Bestattungsunternehmer führte. Erst durch die Ermordung Abraham Lincolns setzte sich die Einbalsamierung allerdings als fester Bestandteil von Begräbnissen durch. Als sein konservierter Leichnam von Washington zurück nach Illinois überführt wurde, kamen die Menschen zu Tausenden, um einen Blick darauf zu werfen – und waren zutiefst beeindruckt, wie gut der tote Präsident im Vergleich mit ihren eigenen verstorbenen Angehörigen aussah. Binnen kurzem verlangten alle nach dieser Behandlung, mit der sich die Spuren des Todes verdecken ließen. Um 1880 entstanden erste Lehrinstitute, an denen man sich die Methode aneignen konnte, und zur Jahrhundertwende war das Einbalsamieren in den meisten Bundesstaaten Pflicht geworden.

Selbstmumifizierung

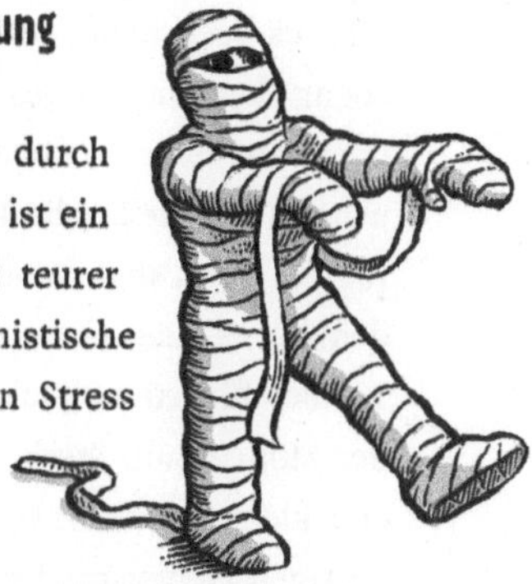

Eine Leiche zu konservieren, egal ob durch Einbalsamierung oder Mumifizierung, ist ein zeitraubender und meist auch recht teurer Vorgang. In Japan gab es jedoch buddhistische Mönche, die sich diesen postmortalen Stress erspart und noch zu Lebzeiten Vorbereitungen für einen schönen Tod getroffen haben.

Die Prozedur mit der Bezeichnung Sokushinbutsu (Selbstmumifizierung) war so kompliziert, dass von den Hunderten von Mönchen, die sich darin versucht haben sollen, offenbar nicht einmal zwei Dutzend erfolgreich waren. Das Verfahren dauerte Jahre und war derart unangenehm, dass man sich fragen muss, wie auch nur ein Einziger das durchstehen konnte. Zunächst musste der Mönch sein gesamtes Körperfett loswerden, weshalb er nur fettarme bzw. -freie Nahrung wie Nüsse oder Körner essen durfte – schließlich legt Fett nach dem Tod ein eher problematisches Verhalten an den Tag. Als würde nicht allein schon diese Diät ausreichen, einen vollkommen lethargisch werden zu lassen, hatte der Mönch sie noch mit einem mörderischen Trainingsprogramm zu kombinieren, um sicherzustellen, dass auch der letzte Rest an Fett verbrannt wurde. Nach fast drei Jahren der Tortur war die Diät dann für weitere tausend Tage sogar noch zu verschärfen, indem es statt der Nüsse nur mehr Rinde und Wurzeln gab. Gegen den Durst trank er einen aus giftigem Saft hergestellten Tee. Um eine Vorstellung davon zu bekommen, was das mit den Innereien machte: Dieser Saft wurde normalerweise zum Lackieren von Keramik verwendet. Die Sache war also keineswegs angenehm, aber darum ging es auch nicht; im Gegenteil, jedwedes Erbrechen wurde sogar als positiv angesehen. Aufgabe des Safts war, den Körper derart zu verseuchen, dass selbst die Maden Abstand halten würden und die Leiche auf die Art intakt bliebe. Kleiner Tipp am Rande: Wenn sogar Maden etwas für eine schlechte Idee halten, dann ist es auch eine.

Nach fünfeinhalb Jahren dieser selbst auferlegten Folter war der Mönch zum Sterben bereit. Er setzte sich im Lotussitz in eine kleine steinerne Gruft und wartete auf den Hungertod. Als einzigen Gegenstand hatte er eine Schnur bei sich, an deren Ende sich eine Glocke befand. Jeden Tag (wobei vollkommen mysteriös bleibt, wie er die Zeit messen konnte) läutete er diese Glocke, um seinen weniger hingebungsvollen, dafür aber viel gesünderen Ordensbrüdern mitzuteilen, dass er noch am Leben war. Wenn die Glocke nicht mehr läutete, wurde die Gruft versiegelt. Eintausend Tage danach wurde sie wieder geöffnet. Meist fand man nichts als eine friedlich vor sich hin rottende Leiche vor, aber trotzdem verehrten die Lebenden den toten Mönch dafür, dass er es zumindest versucht hatte. War ihm aber eine korrekte Mumifizierung gelungen, wurde das als Erreichen einer höheren Erleuchtungsstufe angesehen. Als Anreiz für die restlichen Mönche wurde die konservierte Leiche dann im jeweiligen Tempel ausgestellt, denn nichts bekräftigt die Aussage

»Die Jahre der Tortur sind es echt wert« mehr als ein langsam vor sich hin bröckelnder Leichnam.

16 dieser buddhistischen Mumien kann man sich auch heute noch ansehen. Und obwohl der Brauch in Japan seit dem 19. Jahrhundert verboten und nicht einmal innerhalb des Buddhismus offiziell genehmigt ist, wird er Gerüchten zufolge auch heute noch ausgeübt. Manche Leute lernen einfach nie dazu.

Sati is scheiße

Ein Begräbnisritual, das mit an Sicherheit grenzender Wahrscheinlichkeit nicht von Frauen ersonnen wurde, ist der uralte Brauch der Witwenverbrennung, auch Sati genannt, der sich vor allem in Indien großer Beliebtheit erfreut. Er bestand darin, dass die Witwe eines Verstorbenen sich freiwillig mit auf den Scheiterhaufen legte und gemeinsam mit ihrem Ex-Lover verbrennen ließ. Man weiß nicht genau, seit wann es diese Begräbnisopfer gibt, aber Schätzungen zufolge sind sie rund 5500 Jahre alt. Der erste dokumentierte Fall fand im Jahr 908 v. Chr. statt, also lange bevor Frauen straflos sagen konnten: »Willste mich verarschen, Alter?«

Es gibt verschiedene Theorien, warum dieser doch recht verstörende Brauch so populär werden konnte. Eine davon besagt, dass die Witwe durch ihren Tod den Ehemann seiner Sünden entledigen und ihm so eine Bombenzeit im Jenseits ermöglichen würde. Die alten Griechen vermuteten, es gäbe einen viel handfesteren Grund für die Praxis. Weil

es damals nicht unüblich war, dass alte Männer sehr junge Frauen heirateten, brachte das Wissen, bezüglich des eigenen Lebens vom Wohlbefinden des runzligen Gatten abzuhängen, die Frauen eher dazu, ihre Ehemänner zu umsorgen, als ihnen Gift einzuflößen und sich einen Jüngeren zu schnappen. Sati war auch eine recht gute Möglichkeit, einen etwaigen Frauenüberschuss im Stamm zu regulieren und zu verhindern, dass alleinstehende Witwen sich außerhalb des Stammes nach einem Ehemann umsahen. Dies wiedrum scheint nachvollziehbar, insbesondere dann, wenn es bei den anderen Stämmen nicht Sitte war, beim Tod des Gatten Selbstmord begehen zu müssen.

Obwohl die Sache angeblich auf freiwilliger Basis ablief, standen die Betroffenen mit Sicherheit enorm unter Druck, wenn sie sich auf den Scheiterhaufen des Exmannes legten. Es gibt Berichte von Frauen, die sich die Sache – verständlicherweise, muss man sagen – in letzter Sekunde anders überlegt haben und geflüchtet sind, nur um dann mit vorgehaltenem Messer wieder zurückgebracht zu werden, klar. Andere wurden mit Drogen vollgepumpt oder gar gefesselt, was die erwähnte »Freiwilligkeit« doch ein wenig in Frage stellt. Im mittelalterlichen Indien war das Leben für Frauen, und speziell für solche aus den unteren Kasten, alles andere als ein Zuckerschlecken, aber diejenigen, die Sati »begingen«, sorgten dafür, dass sie wie Gottheiten verehrt wurden. Die göttlichen Kräfte stellten sich dabei bereits vor dem Tod ein, denn wie behauptet wurde, verspürten die Frauen keinerlei Schmerzen, wenn sie bei lebendigem Leib verbrannten. Wobei kein einziger Mann die Sache selbst ausprobiert hat, um zu überprüfen, ob das auch wirklich stimmt.

Bereits im 13. Jahrhundert herrschten klare Regeln bezüglich der Witwenverbrennung, wobei man nicht weiß, wie viele Leute sich wirklich daran gehalten haben. Zunächst musste die Witwe der Obrigkeit versichern, dass es ihr definitiv ernst damit war, lebendig verbrannt zu werden. Damit sollte gewährleistet sein, dass sie von niemandem gezwungen wurde. (Ach, der Typ hinter ihr mit dem Schwert in der Hand? Einfach ignorieren. Ein Freund der Familie, nichts weiter.) Im 16. Jahrhundert musste die Frau eine polizeiliche Genehmigung einholen, die jedoch erst erteilt wurde, nachdem die Bullen sie durch Geschenke von ihrem Plan abzubringen versucht und im negativen Fall die ganze Sache so lange wie nur irgend möglich hinausgezögert hatten. Als dann die Briten das Ruder übernahmen, standen sie der Witwenverbrennung zunächst relativ entspannt gegenüber. Für sie handelte es sich um einen einheimischen Brauch, der vermutlich nicht unangenehmer war als ein extrascharfes Curry. Doch als man irgendwann daheim in London erfuhr, was da in den Kolonien so vor sich ging, legte man dem Generalgouverneur von Britisch-Indien dringend nahe, der Sache ein Ende zu machen. Im Jahr 1829 sprach die britische Regierung ein dahingehendes Verbot aus, ohne dass der Brauch wirklich zum Erliegen kam. 1987 wurden Witwenverbrennungen dann auch von der indischen Regierung verboten, wobei man diese Witwen einfach nicht davon abhalten kann, ab und zu ins Feuer zu springen – wie sporadisch auftretende Fälle bis zum heutigen Tag belegen.

Arthur hoffte und betete, dass es kein Jenseits gab. Dann merkte er, dass da ein Widerspruch vorlag, und hoffte nur mehr, es gäbe kein Jenseits.

Douglas Adams, Schriftsteller (starb 2001)

Nach dem Tod abhängen

Um das Jahr 700 v. Chr. beschloss das südchinesische Volk der Bo, seine Toten in den Himmel zu heben, und zwar im wörtlichen Sinne. Die Bo waren ein Bergvolk und maßen den höchsten Gipfeln um sie herum ganz offenbar religiöse Bedeutung zu. Sie galten als Orte der Stille und der Würde und bildeten so einen Gegensatz zu einer ansonsten von Kriegen und Naturkatastrophen geprägten Welt. Allerdings ist es natürlich auch schwer, am höchsten Punkt eines Berges eine Schlacht zu führen. Wenn man also starb und von seiner Familie geliebt wurde, sah diese zu, dass man seine letzte Ruhestätte in den Bergwänden fand, und zwar so hoch oben wie möglich. Das sah dann so aus, dass in mehr als hundert Metern Höhe Leichen schwebten, bis der Berg von Toten nur so, ähm, wimmelte. Und auf die Art ergab sich eines der arbeitsintensivsten Begräbnisrituale aller Zeiten.

Der erste Schritt war dabei die Herstellung eines Sargs durch die Familie, wobei manche Experten glauben, dass man den vor dem Tod selbst anfertigen musste, denn der liebenden Familie konnte zwar zugemutet werden, einen leblosen Körper in die Berge hochzuhieven, nicht jedoch, sich beim Bau eines Sargs Krämpfe in den Armen und Blasen an den Händen zuzuziehen. Denn der Sarg war aus einem einzigen Stück Holz hergestellt und erforderte einen immensen Zeitaufwand. Wenn er dann fertig war, wurde nicht nur die Leiche hineingelegt, sondern auch alles, was sie für das Jenseits brauchte. Genau wie bei den Ägyptern spielte das Mitführen von Gegenständen eine wichtige Rolle für die Reise, was einer dieser Särge belegt, der im Jahr 1974 untersucht wurde und 29 Hemden sowie dreizehn Paar Hosen enthielt. Es gibt allerdings keine Aufzeichnungen darüber, ob die Bo im Jenseits einen Mangel an Waschsalons befürchteten. Irgendwann war dann jedenfalls der Zeitpunkt gekommen, an dem man den vollen Sarg nahm und so hoch wie möglich platzierte. Manche Familien liebten ihre Angehörigen offenbar mehr als andere, denn der Abstand vom Boden schwankt bei den Leichen in der Bergwand zwischen 10 und 150 Metern.

Das größte Rätsel bei diesem eigenwilligen Begräbnisritual ist nun in der Tat, wie die Familien der Verstorbenen die Särge in die Bergwand bringen konnten. Massivholz plus Gewicht des Toten summierten sich gut und gerne auf 200 Kilo und mehr. Aufgrund der Höhe und der Steilheit der Wand konnte es also leicht passieren, dass bei mangelnder Sorgfalt eine Endlosschleife aus Todesfällen und Begräbnissen entstand. Es gibt drei Theorien. Eine lautet, dass möglicherweise Erdrampen aufgeschüttet wurden, was bei der zahlenmäßig kleinen Bevölkerung allerdings schwierig gewesen sein dürfte. Die zweite führt primitive Gerüste an, für die es allerdings keine archäologischen Nachweise gibt. Die wahrscheinlichste Theorie besagt, dass Seile verwendet wurden, um die Särge in die Wand abzulassen, wobei hier schleierhaft bleibt, warum sich die letzten Ruhestätten in unterschiedlicher Höhe befinden – es sei denn, die Seile rutschten mehrmals ab und die Familienmitglieder hatten wegen der dadurch entstandenen Verbrennungen an den Händen keinen Bock mehr, den Sarg nochmal hochzuziehen.

Heutzutage ist die Bergwand mit den hängenden Särgen ein beliebtes Wanderziel für Touristen. Wer sich jemals auf einer Trekkingtour im Südchinesischen befindet, sollte bedenken, was Wind und Wetter über die Jahrhunderte mit ungeschütztem Holz machen: Schon des Öfteren ist einer der schweren, vor sich hin faulenden Särge auf den darunterliegenden Wanderweg geplumpst. Das hat sich zum Problem entwickelt, weshalb die chinesische Regierung seit 1974 dreimal Instandhaltungsmaßnahmen anordnen musste.

Sollte man sich dennoch ganz überraschend in unmittelbarer Nähe eines dieser Särge wiederfinden, wäre es fein, man würde sich an seine gute Kinderstube erinnern. Die Gegend dort ist nämlich nicht sonderlich gut kontrolliert, was die Grabräuberei durch Touristen zu einem echten Problem werden ließ. Ganz offenbar gibt es Menschen, die einen alten Fingerknochen als Souvenir mehr schätzen als einen dieser schnuckeligen Stoffpandas.

Begräbniskannibalismus

Wenn ein Angehöriger stirbt, ist der erste Gedanke vermutlich nicht: »Sieht der aber lecker aus.« Zumindest wollen wir das hoffen. Doch auch wenn Kannibalismus unserem heutigen Empfinden nicht sonderlich entgegenkommen mag, gab es diese Praxis früher bei Stämmen und Völkern in aller Welt. Klar, der Verzehr besiegter Feinde war am weitesten verbreitet, aber auch ein Begräbniskannibalismus, also der Brauch,

Freunde und Verwandte zu essen, scheint durchaus normal gewesen zu sein. Die ältesten Belege dafür, dass ein toter Angehöriger in eine Mahlzeit verwandelt wurde, stammen aus der Eisenzeit, aber auch in der Neuzeit gab es isoliert lebende Völker, die den Kannibalismus praktizierten – und zwar bis in die 1950er oder 60er Jahre. Die allerneueste Mode, sich durch das Rauchen von Badesalz die Birne wegzudröhnen, scheint aber ganz offenbar eine Wiedereinführung zu bewirken (vgl. die »Zombie-Attacken« à la Hannibal Lecter, zu denen es in den USA 2012 nach Konsum der Modedroge Bath Salt kam).

Die Wari' sind ein indigenes Volk in Brasilien, das seine Angehörigen aufisst. Dabei ist genau festgelegt, wer wen essen darf, und jeder muss sich daran halten. Wenn jemand stirbt, werden die Verwandten in den umliegenden Dörfern informiert, woraufhin diese sich ins Dorf des Verstorbenen aufmachen. Weil das ein paar Tage dauert (Postwesen und öffentlicher Nahverkehr sind ja berühmt für ihre Unzuverlässigkeit, egal über welche Version eine Kultur verfügt) und im Amazonasgebiet nicht das ideale Klima für die Lagerung von Frischfleisch herrscht, ist die Leiche beim Eintreffen der Verwandtschaft schon aufgedunsen und am Verwesen. Das ist allerdings von Vorteil. Es gilt nämlich als ungebührlich, am Verzehr des Toten Vergnügen zu zeigen oder auch einfach nur zu schnell zu essen. Je ungenießbarer also das gebratene Fleisch, desto besser. Zum Glück wird nur von den entfernter lebenden Verwandten erwartet, dass sie an dem Festmahl teilnehmen; die engere Familie ist davon befreit, denn die eigene Mama zu verspeisen, ist selbst Kannibalen eine Nummer zu heftig. Kinder und Senioren erhielten stets die leckersten Bissen, also Leber und Hirn. Zugrunde lag dem Ganzen die Vorstellung, dass durch das Verspeisen des Angehörigen ein Teil dieser Person weiterhin auf der Welt bleiben würde, selbst wenn es sich bei dieser Welt vornehmlich um einen Dünndarm und letzten Endes eine Kloschüssel handelt.

Die Fore in Papua-Neuguinea frönten ebenfalls einem Leichenkannibalismus, bis die Regierung ihn vor rund sechzig Jahren untersagte. Dabei oblag es den weiblichen Familienmitgliedern, den Toten zu präparieren. Je nach Art der verwandtschaftlichen Beziehung erhielt man dann unterschiedliche Teile des Verstorbenen. Männer durften meist das rote Fleisch von den Beinen essen, während die Frauen mit dem vorliebnehmen mussten, was sich im Grunde besser zum Wurstmachen geeignet hätte. Blöd war dann, dass sich bei einem der Stammesangehörigen um das Jahr 1900 eine bis dahin unbekannte Krankheit namens Kuru herausbildete, die mit dem Rinderwahn vergleichbar ist. Als er starb und verspeist wurde, übertrug sich die Krankheit auf andere, was dann zu einer richtiggehenden Kuru-Epidemie führte. Das hielt die Fore aber keineswegs vom Verzehr ihrer Angehörigen ab, denn vermutlich sorgte die nun mitschwingende Gefahr für eine ganz interessante Würze.

Auch das venezolanische Volk der Yanomami verspeiste seine Toten, allerdings in einem weniger wörtlichen Sinn. Anstatt das Fleisch zu essen, zerrieb man die Knochen zu Pulver, vermengte dieses mit Bananenbrei und konsumierte das Ganze wie einen Smoothie. Im Falle einer Kremation konnte wahlweise auch die Asche verwendet werden.

Aber auch heutzutage soll es noch zumindest eine Form kannibalischer Praxis geben. Mitglieder der indischen Aghori-Sekte wurden dabei gefilmt, wie sie Leichen aus dem Ganges zogen und kleine Stücke davon verzehrten. Der Fluss gilt als heilig, und durch das Essen von Leichen, die sich darin befunden haben, hoffen die heiligen Männer, spezielle Fähigkeiten zu erlangen, unter anderem Levitation und Kontrolle über das Wetter. Sollte das tatsächlich stimmen, könnte das Schicksal der globalen Erderwärmung in den Händen von ein paar hundert indischen Kannibalen liegen, was mit an Sicherheit grenzender Wahrscheinlichkeit noch nie bei einem Klimagipfel referiert wurde.

Ich habe Freunde verloren – manche durch den Tod, andere durch die bloße Unfähigkeit, die Straße zu überqueren.

Virginia Woolf, Schriftstellerin (starb 1941)

Sehe ich mit dieser Maske tot aus?

Über die gesamte Geschichte der Menschheit hinweg waren die Menschen vom Anblick toter Gesichter fasziniert. Und weil man nicht den ganzen Tag lang dasitzen und Leichen anstarren kann, entstanden diverse Methoden, um diese Gesichter in (zumindest ein bisschen) weniger gruseliger Form mit sich herumtragen zu können. Todesmasken wurden schon in grauer Vorzeit als symbolisierende Skulpturen hergestellt, doch im 18. Jahrhundert kam es bei den Reichen und Berühmten in Mode, sich nach dem Tod Gips übers Gesicht gießen zu lassen. Der Trend führte unter anderem auch dazu, dass die französische Revolutionsregierung dann eine gewisse Madame Tussaud beauftragte, sorgfältige Abgüsse von guillotinierten Köpfen zu machen.

Todesmasken entstanden jedoch nicht ausschließlich aus Eigennutz. Vor dem Aufkommen der Fotografie wurden etwa

Masken von unbekannten Toten angefertigt, damit jeder, der einen Angehörigen vermisste, aber erst nach dem Begräbnis der Leiche antanzte, diese möglicherweise identifizieren konnte. (Denn Skelette sehen ja für den Laien mehr oder weniger gleich aus.) Eine dieser unbekannten Leichen wurde in den 1880er Jahren in Paris ans Ufer der Seine gespült. Es handelte sich um ein junges Mädchen, die selbst im Tod noch so schön war, dass die Herstellung ihrer Maske mit äußerster Sorgfalt betrieben wurde und deutlich länger dauerte als normalerweise. Sie wurde als »L'Inconnue de la Seine« (die Unbekannte aus der Seine) bekannt, und ihr Gesicht war so populär, dass reiche Pariser sich Kopien anfertigen ließen und ihre Wohnungen damit schmückten. Auch fast hundert Jahre später war sie nicht in Vergessenheit geraten, denn die erste Wiederbelebungs-Lernpuppe, genannt »Resusci-Anne«, wurde in den 1960er Jahren nach ihrem Gesicht modelliert. Wem also das Reanimationstraining noch nicht schlimm genug vorkommt, der kann sich immer noch in Erinnerung rufen, dass er im Grunde mit einer toten sechzehnjährigen Französin herumknutscht.

Der eigentliche Grund für die Herstellung von Totenmasken war aber, dass die Leute auf schaurige Dinge standen. Waren die Masken ursprünglich für Könige und anderweitige Prominenz eingeführt worden, kam man im 19. Jahrhundert am ehesten in den Genuss einer postmortalen Gesichtsbehandlung, wenn man Schwerverbrecher war. Nach Aussagen von Wissenschaftlern und Strafvollzugsbeamten geschah das, damit die Köpfe dieser bösen Männer und Frauen nach ihrem Tod von Vertretern der Phrenologie, einer damals populären Pseudowissenschaft, untersucht werden konnten, aber in Wahrheit war es auf die Art möglich, die Masken auszustellen und einem so erstaunten wie gleichermaßen verstörten Publikum gegen Geld zu präsen-

tieren. Demgemäß wurde im Jahr 1829 dem schottischen Leichenräuber William Burke kurz nach seiner Hinrichtung die Totenmaske abgenommen, und auch mehr als hundert Jahre später noch standen die Leute in Chicago Schlange, um diejenigen der brutalen Gangster John Dillinger und Baby Face Nelson zu sehen. Als von den Anarchisten Nicola Sacco und Bartolomeo Vanzetti, die in einem umstrittenen Prozess in den 1920er Jahren zum Tode verurteilt wurden, nach ihrer Hinrichtung Totenmasken hergestellt werden sollten, beauftragte man damit nicht irgendeinen dahergelaufenen Gipsanrührer, sondern den berühmten und äußerst kontrovers diskutierten Künstler William Gropper, der für angemessene Qualität und damit ein begeistertes Publikum zu sorgen hatte.

Heutzutage gedenken wir der Toten nicht mehr anhand irgendwelcher Totenmasken. Was aber nicht heißt, dass sich kein Mensch mehr für sie interessiert. Beispielsweise wechselte die Maske des oben erwähnten John Dillinger bei einer Auktion im Jahr 1991 für 10 000 Dollar den Besitzer.

Die Vorläufer von Frankensteins Monster

Eine der ganz frühen Begräbniskomponenten war die Mumifizierung der Toten. Grund dafür war nicht nur, dass durch Einbalsamierung beim Betrachter der Eindruck erweckt wurde, der Tod würde eigentlich gar nichts verändern, sondern außerdem der Umstand, dass der antike Mensch mit einer mehrere Wochen alten Leiche auf die Art länger als nur ein paar Minuten im selben Raum zubringen konnte.

Ganz offenbar waren die Ägypter die Mumifizierungskultur Nummer eins. Mögen einem beim Gedanken an Mumien gleich auch die Pharaos in den Sinn kommen, waren diese keineswegs die einzigen Mitglieder der Gesellschaft, die dafür in Frage kamen. Jeder Ägypter mit genügend Kleingeld konnte sich der Behandlung unterziehen. Als Ägypten im 19. Jahrhundert von Engländern und Franzosen besetzt wurde, fanden sie derart viele Mumien vor, dass einige davon nach Europa verschifft wurden, wo es dann in Kreisen der Aristokratie zu »Mumien-Auswickel-Partys« kam – denn nichts schließt den Magen nach einem üppigen Dinner besser als der Anblick einer ausgetrockneten Leiche.

Scheinen die Ägypter die klassische Bandagenmumifizierung relativ schnell perfektioniert zu haben, brauchten die ursprünglichen Mumifizierer für die Entwicklung ihrer endgültigen Methode mehrere tausend Jahre. Bereits 4000 Jahre vor Herstellung der ersten ägyptischen Mumie probierte sich das südamerikanische Volk der Chinchorro in der Technik. Die Versuche verliefen derart erfolgreich, dass die eine oder andere dieser Mumien noch heute existiert. Allerdings war das Verfahren viel krasser, als nur – wie bei den Ägyptern üblich – dem Toten das Gehirn durch die Nase zu ziehen.

Das Problem bestand darin, dass man einen Körper nur sehr schwer zur Gänze mumifizieren kann. Deshalb zerteilte man in der Zeit zwischen 5000 und 3000 v. Chr. die Leiche in einzelne Stücke, konservierte diese dann separat und setzte sie anschließend wieder zusammen. Diese Frankenstein-Methode wird in Fachkreisen als »Black Mummy«-Technik bezeichnet und begann damit, dass man dem Toten komplett die Haut abzog; sie wurde entfernt und für sich genommen gegerbt, dabei durchaus auch in einzelne Stücke zerteilt. Dann trennte man Kopf, Arme und Beine vom Rest der Leiche ab, und jeder der Körperteile wurde seiner Muskeln entledigt. Nachdem sämtliche Einzelteile getrocknet waren, setzte man alles wieder schön zusammen, wobei pflanzliches Füllmaterial verwendet wurde, um die mittlerweile geschrumpfte Leiche lebensechter aussehen zu lassen (Schönheitschirurgen aufgepasst!). Die Haut wurde wieder angebracht, wobei eventuell frei gebliebene Stellen mit Robbenfell bedeckt wurden. Eine schwarze Kurzhaarperücke vervollständigte dann den Look (bei späteren Mumifizierungen kam noch ein Hut dazu, welcher – man muss es einfach sagen – diesen Look dann erst richtig zusammenhielt).

Gesellschaftliche Stellung oder finanzielle Situation des Betroffenen spielten dabei keine Rolle. Die Chinchorro mumifizierten jeden ihrer verstorbenen Stammesangehörigen. Ob Frau, Kind, Senior oder fehlgeborener Fötus – sobald du den Löffel abgegeben hattest, nahm man dich auseinander.

Sterben ist leicht. Komödie ist schwer.

Edmund Gwenn, Schauspieler (starb 1959)

Kapitel 2

Sterben rund um die Welt

Stripperinnen passen eigentlich zu jedem Begräbnis ▶

Wenn man hört, wie sich jemand über unsere multikulturelle Gesellschaft und die Bedeutung kultureller Unterschiede auslässt, kommt einem wohl nicht als Erstes in den Sinn, dass dazu auch der respektvolle Umgang mit der speziellen Art und Weise gehört, mit der andere Kulturen mit ihren Toten verfahren (vermutlich, weil jemand, der immer gleich an Leichen denkt, über kurz oder lang hinter Gittern landet). Doch die Völker der Erde haben ganz unterschiedliche Methoden entwickelt, ihre Toten zu beseitigen, und zwar jeweils abhängig von ihrer Geschichte, ihrer Religion und ihren Umweltbedingungen. Wenn also eine Leiche im Spiel ist, lässt man die Menschen am besten einfach machen, selbst wenn (oder insbesondere wenn) das bedeutet, dass Stripper, Geier oder Musik der Gruppe Queen beteiligt sind. Noch wichtiger ist jedoch, etwas Verbindendes zu entdecken, und tatsächlich herrscht im Hinblick auf Begräbnisse bei den meisten Völkern dieser Erde Einigkeit in einem Punkt: Um die Sache einigermaßen erträglich zu machen, braucht es jede Menge Alkohol.

Aberglaube in sechs Fuß Tiefe

Es gibt buchstäblich Tausende Aberglauben bezüglich Tod und Begräbnis. Jede Kultur hat ihre eigenen, und da sich irritierenderweise viele davon komplett widersprechen, kann man nur hoffen, dass in der eigenen Kultur die richtigen praktiziert werden. Wir Menschen sind von Natur aus abergläubisch, aber in Sachen Tod laufen wir zur Höchstleistung auf, um den Sensenmann auf Abstand zu halten.

Das Ziel im Auge behalten Um am Leben zu bleiben, gilt als erste Regel, dem Verstorbenen nicht direkt in die Augen zu schauen. Aus dem Grund – und weil der starre Blick eines Toten einfach gruselig ist – achtet man in den meisten Kulturen darauf, dem Verstorbenen sofort die Augen zu schließen und wenn nötig die Augenlider mit Münzen oder anderen Gegenständen zu beschweren und so auch geschlossen zu halten. Aber selbst wenn es gelingt, die Toten unter die Erde zu bringen, ohne ihnen in die Augen zu sehen, werden sie mit allen Mitteln versuchen, wiederzukommen und jemanden mit sich ins Jenseits zu holen. Deshalb muss man beim Heimweg vom Friedhof eine andere Route einschlagen als bei der Anreise, sonst folgen sie einem.

Ost und West Das A und O bei einer Leiche ist die Ausrichtung. Herumtragen sollte man sie stets mit den Füßen voran. Was wahrscheinlich von den Leuten herrührt, die einfach nur eingeschlafen sind und sich beschwert haben, dass sie aufwachten, weil ihr Kopf gegen die Tür knallte. Jedenfalls sollten bei einem Begräbnis der Kopf nach Westen und die Füße nach Osten zeigen. In christlichen Ländern sind die Friedhöfe in der Regel ohnehin genau so angelegt, um sicherzustellen, dass sich die Leichen bei der Wiederkehr Jesu in die richtige Richtung erheben. Wobei man einem verstorbenen Familienmitglied natürlich genauso gut einen Kompass mit ins Grab geben könnte. Ist man der Ansicht, der Verblichene sei ein guter Mensch gewesen, empfiehlt es sich, ihn im südlichen Teil des Friedhofs beizusetzen. Traditionell war dort die letzte Ruhestätte der besseren Leute, wohingegen der Rest eher im Norden verbuddelt wurde und bis in alle Ewigkeit auf den billigen Plätzen ausharren musste, während die Privilegierten im Süden das saftigere Gras und die fetteren Maden abbekamen.

Klar und deutlich sein Wichtig ist auch, die Seele des Verstorbenen nicht zu irritieren. Öffnen Sie alle Türen und Fenster, um ihr den Weg nach draußen so leicht wie möglich zu machen; es versteht sich ja von selbst, dass eine Seele nicht einfach so durch die Decke hindurchschweben kann. Seelen sind außerdem ziemlich stupide oder auch extrem eitel, deshalb können Spiegel für Verwirrung sorgen. Man dreht sie also besser ausnahmslos zur Wand.

Gebrauchte Kleidung tragen Es liegt nahe, dass bei den Toten die Kleiderfrage eine Rolle spielt. Mag man sich für eine Hochzeit auch noch so in Schale werfen können – bei einer Beerdigung darf man auf keinen Fall neue Sachen tragen, schon gar nicht neue Schuhe. Auch sollte man bloß nicht dem Verstorbenen Klamotten anziehen, die einem selbst gehört haben. Zunächst einmal, weil die Sachen dem Toten eventuell besser stehen als einem selbst. Noch schlimmer wäre aber, dass man anfängt, sich schlecht zu fühlen, weil die Kleidungsstücke im Erdreich vor sich hin rotten, und dass man aufgrund einer Quantenverschränkung der eigenen Person mit den mittlerweile leichengefüllten Klamotten schließlich selbst abnippelt.

Bedenkt man, was über die reinen Begräbnisvorbereitungen hinaus alles an Vorsichtsmaßnahmen nötig ist, scheinen unsere Nächsten im Tod noch anstrengender zu sein, als sie es zu Lebzeiten waren. Wobei sich die Mühe lohnen dürfte, wenn man dadurch verhindert, dass sie einen mit ins Jenseits nehmen.

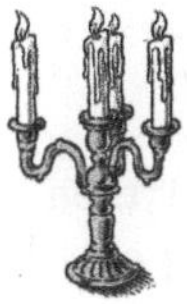

Ich möchte friedlich im Schlaf sterben wie mein Vater, und nicht schreiend und verängstigt wie seine Passagiere.

Bob Monkhouse, Komiker (starb 2003)

I'm too sexy ... für diesen Sarg

Immer wieder gibt es Leute, die Zeit und Lust haben, ihr Begräbnis bis ins letzte Detail zu planen. Für jemanden mit einer unheilbaren Krankheit kann das sogar eine Möglichkeit sein, sich dem Tod gegenüber nicht mehr ganz so ohnmächtig zu fühlen. Hingegen können Kontrollfreaks, die über zu viel Zeit verfügen, auf die Art sicherstellen, dass sie bis zum Schluss alles fest im Griff haben – und auch noch darüber hinaus. Und da ein großer Teil der Menschheit einen recht seltsamen Humor hat, wählen viele Leute für ihr Begräbnis vollkommen unangemessene Songs.

Begräbnismusik bestand ursprünglich aus Gesängen, mit denen die Geister vertrieben oder besänftigt werden sollten. Irgendwann wurden daraus dann richtige Lieder. In jeder Region der Erde entwickelte sich eine eigene Tradition der Begräbnismusik, doch in jüngerer Zeit rückten populäre Hits an die Stelle von Dudelsack und Dixieland-Jazz. Im Jahr 2008 veröffentlichte ein australischer Friedhof eine Liste mit den meistgewünschten »schrägen« Begräbnissongs:

† *The show must go on* (Queen)
† *Stairway to heaven* (Led Zeppelin)
† *Highway to hell* (AC/DC)
† *Another one bites the dust* (Queen)
† *I'll sleep when I'm dead* (Bon Jovi)
† *Always look on the bright side of life* (Monty Python)
† *Ding-dong! The witch is dead* (The Wizard of Oz)
† *Hit the road Jack* (Willie Nelson)
† *I'm too sexy* (Right Said Fred)
† Vereinshymnen australischer Fußballclubs

Vielleicht haben aber auch die Lebenden zumindest eine Teilschuld an diesen Songs. Denn wenngleich es ein feiner Zug ist, die letzten Wünsche der Toten zu respektieren, muss man sich schon fragen, was sie denn im gegenteiligen Fall machen würden – einen heimsuchen? Wenn dem tatsächlich so wäre, sollte man am besten alles tun, was sie verlangen – auch wenn es sich um völlig unangemessene Dinge handelt. Rein rechtlich gesehen gibt es aber auf der Welt so gut wie keinen Ort, an dem die Lebenden die Wünsche der Verstorbenen erfüllen müssen. Dies beschränkt sich nicht nur auf Kleinigkeiten wie eine verrückte Begräbnismusik, sondern betrifft auch Dinge wie die Frage, wo denn die letzte Ruhestätte nun sein soll. Besteht also die Aussicht, seinen Lustmolch von Großvater auf dessen Wunsch hin mit »It's raining men« von den Weather Girls bestatten zu müssen, kann man beruhigt davon ausgehen, dass man das Gesetz auf seiner Seite hat, wenn man sich entschließt, auf den Teil dann doch zu verzichten.

Eine letzte Spritztour

Tote Körper sind schwer. Nicht dass sie mehr wiegen würden als lebende, aber sie sind einfach wahnsinnig unkooperativ, wenn es darum geht, die Last zu teilen. So haben die Menschen ziemlich schnell gemerkt, dass es eine gute Idee sein könnte, die Toten nicht zum Ort der Bestattung zu tragen, sondern sie irgendwie sonst hinzuschaffen. Hier kommt nun der Leichenwagen ins Spiel.

Jahrhundertelang handelte es sich dabei um einen von Pferden gezogenen Karren, wobei sich einer für die Reichen von einem für die Armen nur in der Üppigkeit der Ausstattung unterschied. Die ersten Leichenwagen, die die Pferde wegließen, wurden zwar von Elektromotoren angetrieben, doch es waren die Franzosen, die 1907 so weit gingen, Automobile einzusetzen. Diese Entwicklung war derart schockierend, dass darüber sogar in *Scientific American* berichtet wurde. Im Jahr 1909 ließ sich dann H. D. Ludlow, ein technikaffiner Bestattungsunternehmer in Amerika, eine Kombination aus Bus und pferdebetriebenem Leichenwagen konstruieren, in die ein Verbrennungsmotor eingebaut war. Dieses Fahrzeug setzte er bei der Beerdigung eines reichen Mitbürgers namens Wilfrid A. Pruyn ein, und binnen kurzem wollten die wohlhabendsten unter seinen Kunden ihre letzte Fahrt unbedingt in genau diesem teuren Vehikel absolvieren. In den 1920er Jahren stand es um den Pferdekarren dann genau wie um den Dodo, und ein Jahrzehnt später war der Leichenwagen, wie wir ihn heute kennen, gängiger Standard.

Leichenwagen bilden unter den Bestattungsutensilien eine Ausnahme, denn man kann sie behalten oder weiterverkaufen. Wo Särge der Erde übergeben werden und Blumen früher oder später verwelken, bleiben Leichenwagen jahrzehntelang benutzbar. Der Cadillac, mit dem in Dallas Präsident Kennedys Sarg vom Krankenhaus zum Flughafen Love Field transportiert wurde, kam im Jahr 2012 unter den Hammer. Wegen seiner Beteiligung an einem wichtigen geschichtlichen Moment dachten die meisten Leute, allen voran der Auktionator, dass er mehr als eine Million Dollar einbringen würde. Vielleicht war aber für Autoliebhaber einfach der Gruselfaktor zu hoch, denn letzten Endes ging das Objekt für gerade mal 166 000 Dollar über den Tisch.

Ein Leichenwagen, der sich indessen gut verkaufte, war der von Elvis. Das Unternehmen Houston Brothers kaufte ihn den ursprünglichen Besitzern Anfang der 1980er Jahre ab. Die Firma ist auf die Vermietung von Leichenwagen spezialisiert, und dem Vernehmen nach machte die Verbindung mit Elvis diesen schnell zu ihrem wertvollsten. 1984 ließ der Inhaber dann seinen Sohn den Wagen von Miami nach Georgia überführen. Unterwegs ging der Sprit aus und der junge Mann, damals gerade 21 Jahre alt, marschierte vier Meilen weit, um neuen zu kaufen. Ist allen noch im Gedächtnis, dass Elvis auf der Toilette starb, weil er sich überfressen hatte? Nun, den Leichenwagen hier ereilte in etwa dasselbe Schicksal. Beim Füllen des Tanks ging irgendetwas daneben, und als der Fahrer wieder auf den Highway einbog, fing der Motor an zu brennen. Ihm blieb nichts anderes übrig, als dazusitzen und zuzusehen, wie diese großartige Elvis-Devotionalie in Flammen aufging.

Für das Leben bezahlen wir alle mit dem Tod, deshalb sollte alles, was dazwischen liegt, kostenlos sein.

Bill Hicks, Komiker (starb 1994)

Begräbnismoden

Mehr als bei jedem anderen gesellschaftlichen Anlass existiert bei Begräbnissen seit jeher ein strenger Dresscode, an den die Menschen sich zu halten hatten. Die Inhalte dieses Codes haben sich jedoch über die Jahre immer wieder verändert und waren stark davon abhängig, wo man lebte.

Ursprünglich war Weiß die gängige Trauerfarbe, und so kleidet man sich bei Begräbnissen auch heute noch in vielen asiatischen Ländern. Teilweise waren dann nur die gesellschaftlich

Hochrangigen oder die nächsten Verwandten des Toten ganz in Weiß gekleidet, um ihre Trauer auszudrücken, und zur Zeit der Renaissance wurde in ganz Europa Schwarz als angemessene Farbe bei Begräbnissen angesehen.

Wenn der Partner oder ein Kind gestorben war, trugen die Hinterbliebenen oft lange Zeit Trauerkleidung – immer wieder auch für den Rest ihres Lebens –, doch im viktorianischen Zeitalter entwickelten sich klare Regeln, die festlegten, ab wann ein Mensch sich wieder normal anziehen durfte. Es gab drei Phasen, um eine geliebte Person zu betrauern:

- † volle Trauer
- † sekundäre Trauer
- † halbe Trauer

Wenn der Ehemann starb, dauerte es drei oder vier Jahre, bis alle Phasen durchlaufen waren, aber wenn es nur ein Onkel war, konnte man schon mal das Vorspiel überspringen und gleich ins letzte Kapitel einsteigen. Dienstboten mussten beim Tod ihres Arbeitgebers nur ein schwarzes Armband tragen. Und wie in jedem anderen Bereich hatten Männer wie gewohnt den stärkeren Einfluss darauf, welche Farben sie tragen wollten oder wann sie sie während der Trauerperiode anzulegen gedachten.

Witwen waren am schlimmsten dran. Sie hatten nicht nur gerade den Ehemann verloren und damit meist auch die Einkommensquelle, nein, sie waren zudem gezwungen, sich auf Jahre hinaus vollkommen unattraktiv zu machen. Die Kleider, die für die Phase der vollen Trauer erforderlich waren, bestanden aus ödem schwarzem Stoff, Schmuck konnte keiner angelegt werden, und in puncto Dekolleté galt: je weniger desto besser. Wichtigstes Kleidungsstück für eine Witwe in voller Trauer war ein dicker, schwarzer Schleier, der das Gesicht verhüllte. Denn auch ein Jahr nach dem traurigen Ereignis würde sie ja sicher noch um ihren Gatten weinen, und das musste ja schließlich keiner mit ansehen. Klar, oder? Wobei es andererseits natürlich so war, dass sie das Haus nur verließ, um in die Kirche zu gehen oder lebensnotwendige Dinge zu erledigen – kaum jemand hätte sie also zu Gesicht bekommen. Es ging hier ausschließlich darum, die Witwe so unsexy wie irgend möglich zu machen. Sie mochte ein noch so guter Fang sein – erst wenn sie wieder bunte Kleidung trug, konnten die Freunde ihres Mannes sie guten Gewissens anbaggern.

Die sekundäre Trauer dauerte bis zu einem Jahr und erlaubte das Tragen von – Achtung! – lavendelfarbenen Bordüren und schlichtem, schwarzem Schmuck. Bei der halben Trauer waren schließlich bunte Bordüren und normaler Schmuck möglich. Es gab jedoch Frauen, die nie aufhörten zu trauern. Die berühmteste war Königin Viktoria, die ihre »Witwentracht« nach dem Tod des Gatten vierzig Jahre lang trug. Die Haltung war offenbar ansteckend, denn ihre Tochter machte nach dem Verlust ihres Gatten genau das Gleiche. Und irgendwann konnte man sich vor lauter schwarzgekleideten Frauen gar nicht mehr bewegen.

Leichenschau

Die australischen Aborigines waren zu keinem Zeitpunkt eine wirklich homogene Gruppe. Manche Stämme vergruben ihre Toten, andere verwahrten sie in ausgehöhlten Baumstämmen, also einer Art Senkrechtsarg. In manchen Gebieten wurde die Leiche eines Babys oder eines Fremden in einen Termitenhügel gesteckt, um sie schnell loszuwerden (na ja, immer noch besser als durch einen Dingo!). Und auf ein paar australischen Inseln war es üblich, die Toten im Meer zu bestatten. Die vielleicht seltsamste, dabei ungemein verbreitete Art, sich der Toten zu entledigen, war in den nördlichen Regionen des Kontinents die Zurschaustellung des Leichnams.

Im ersten Abschnitt dieses Verfahrens legt man die Leiche auf eine hölzerne Plattform und überlässt sie den Elementen. Um den Fäulnisprozess weniger offensichtlich zu machen, bedeckt man sie mit Blättern. Dann lässt man sie monatelang liegen, bis kein Fleisch mehr auf den Knochen ist. Sobald der Körper sich in ein Skelett verwandelt hat, nehmen die hinterbliebenen Verwandten die Knochen mit nach Hause. Souvenirs!

Da weiße Knochen ziemlich langweilig aussehen, werden sie von den Verwandten dekoriert und bunt angemalt, meist in einem dunklen Rot. Das sieht derart hübsch aus, dass mit den Knochen dann die Wohnung verziert wird. Kleinere Knochen werden zu Schmuck verarbeitet oder über Jahre einfach in einem Beutel mit herumgetragen. Berichten von Siedlern zufolge, die bei der Ankunft in Australien Berührung mit den Ureinwohnern hatten, setzten Witwen sich zum Mittagessen an den Tisch und trugen dabei große Beutel um den Hals, in denen sie die Knochen ihrer Ehemänner aufbewahrten. Mütter praktizierten das auch mit den Knochen verstorbener Kinder, wohl in der Hoffnung auf deren Wiedergeburt. Bei einem Stamm in Queensland band man bei Feierlichkeiten Schädel an die Bäume, damit die Toten bei den Tänzen »zusehen« konnten.

Einige Aborigines erwartete beim Ableben eine andere Art von Schau, nämlich als Form der Bestrafung. Wenn Männer in der Schlacht fielen, ließ man sie mitsamt den Waffen, die in ihrem Körper steckten, einfach liegen, damit jeder, der vorbeikam, sehen konnte, wie sie gestorben waren und dass man sich mit dem hier ansässigen Stamm besser nicht anlegt. Hingerichtete Verbrecher überließ man ebenfalls den Elementen, ohne dass ihre Seele in den Genuss von Bestattungsritualen kam. Wobei eine simple Zurschaustellung nicht immer eine Strafe war. Manche Stämme entledigten sich nämlich ihrer Toten, indem sie sie an die Äste hoher Bäume hängten und den Vögeln überließen. Ist ja auch völlig o. k., wenn da mal eben eine Leiche im Wind baumelt ...

Ich bin bereit, meinem Schöpfer zu begegnen, aber ob mein Schöpfer wirklich gewappnet ist, mir [altem Ekel] zu begegnen, kann ich nicht beurteilen.

Winston Churchill, Premierminister (starb 1965)

Sie stehen gerade auf Oma

Wenn heutzutage jemand aus der Verwandtschaft stirbt, denkt man vermutlich nicht als Erstes daran, die Wohnung zu renovieren. Für die Maya hingegen waren Heimwerken und Trauer untrennbar miteinander verknüpft. Da das Baumaterial 500 Jahre vor unserer Zeitrechnung nicht wirklich fähig war, den Elementen standzuhalten, mussten Maya-Wohnstätten so alle zwanzig bis dreißig Jahre runderneuert werden. Sei es, dass das Dach leckte oder die Mauern mit Schimmel überzogen waren, jedenfalls gab es ab einem gewissen Zeitpunkt nichts Erhaltenswertes mehr. Ab da wartete die Familie darauf, dass jemand starb und alles kaputtgemacht werden konnte, denn das Begräbnis war ein fundamentaler Bestandteil der Renovierung.

Sobald ein Verwandter den Löffel abgab, riss man den Boden der Behausung auf und begrub den Verstorbenen genau dort; manchmal gab man ihm dabei wertvolle Gegenstände aus dem Familienbesitz mit. Dann wurde das Haus mit allem, was sich darin befand, in Brand gesteckt – worüber man in unserer heutigen Gesellschaft die Stirn runzeln würde, selbst wenn der Farbton für die Wohnzimmerwände auch nach dem zehnten Besuch beim Baumarkt nicht ganz stimmt. Sobald das vormalige Heim nur mehr ein Haufen Asche war, errichtete die Familie über der Begräbnisstätte ein neues Zuhause. Wenn dann nur wenige Wochen später ein weiteres Familienmitglied starb – Pech gehabt. Derjenige hatte seine Chance verpasst und wurde woanders beerdigt.

Die Fundamente der Häuser konnten bis zu sechs Leichen plus diverse Grabbeigaben beherbergen. So kommt es, dass Archäologen bei Ausgrabungen in der Lage sind, anhand dieser Minifriedhöfe unter den Häusern ganze Familiengeschichten zu rekonstruieren. Leider sind sämtliche gefundenen Grabbeigaben zerbrochen, was darauf hindeutet, dass nicht nur die jeweilige Person sterben musste, um ins unterirdische Familienmuseum aufgenommen zu werden, sondern dass auch die unbelebten Gegenstände in gewisser Weise zum »Sterben« verdammt waren.

Mögen die Maya auch längst von der Bildfläche verschwunden sein, gibt es mit den Ifugao auf den Philippinen einen (weitgehend christianisierten) Stamm, der auch heute noch Beerdigungen unter den Wohnstätten praktiziert. Wenn dort jemand stirbt und die Begräbnisrituale feierlich begangen sind, wird die Leiche für ein paar Jahre an einem Ort beerdigt, der weit vom Haus der Familie entfernt ist. Der Stamm glaubt, dass der Geist einer Person dort weilt, wo auch ihre Knochen sind, und vielleicht gönnt man deshalb jedem nach seinem Ableben wenigstens für kurze Zeit ein wenig Abstand von der Familie (oder anders herum). Nach dieser Auszeit werden die Knochen dann exhumiert und unter dem Haus erneut beigesetzt, um die verstorbene Person im Grunde wieder mit der Familie zu vereinen. Man kann dafür jede Stelle unter dem Haus wählen, wobei sich als beliebter Platz der unter der Küche erwiesen hat. Schließlich enden die besten Partys auch immer in der Küche.

Das unendliche Begräbnis

Im Lauf der Geschichte haben eine ganze Menge Kulturen Begräbnisse mit Partycharakter geschmissen, aber selten einmal stand dabei der Verstorbene derart im Mittelpunkt wie in Buguias auf den Philippinen. Wenn dort einer stirbt, wird er nicht in eine Kiste gepackt – vielmehr ist er eine Woche oder auch länger Ehrengast bei einer gewaltigen Grillfete. Immerhin ist er dabei nicht – wie anderswo schon mal üblich – das Hauptgericht.

Wenn ein Stammesmitglied stirbt, wird es sofort auf einen Stuhl vor seinem Haus gesetzt. Da jedoch Leichen immer wieder

Schwierigkeiten mit dem Aufrechtsitzen haben, werden sie an Kopf, Armen und Füßen festgebunden. Dann beginnt eine Festlichkeit, die ein paar Tage oder auch Monate dauern kann. Da keinerlei Einbalsamierung mit im Spiel ist, setzt die Zeit der verwesenden Leiche ziemlich verheerend zu. In dem verzweifelten Versuch, sie zumindest einigermaßen gut aussehen zu lassen, muss einer neben ihr sitzen und die Fliegen verjagen, was schon binnen kurzem recht sinnlos sein dürfte. Man kann nur hoffen, dass der arme Fliegenbeauftragte zum Ausgleich dafür wenigstens die ersten Happen vom Grill bekommt.

Freunde und Verwandte bringen Geschenke in Form von lebenden Nutztieren, und zwar jeweils ein Männchen und ein Weibchen. Am ersten Tag werden genau so viele Tiere geschlachtet und zubereitet, wie die Trauergemeinde verdrücken kann. Doch dann setzt eine richtiggehende Großschlachtung ein, bei der nicht nur sämtliche mitgebrachten, sondern auch viele Tiere des Verstorbenen dahingemetzelt werden. Je wohlhabender die Person war, desto mehr Tiere werden verzehrt – und warum auch nicht, denn so hätte der Verstorbene das ja auch gewollt, oder? Die Menge an Fleisch ist Indikator dafür, welche Stellung der Tote innerhalb der Gemeinschaft eingenommen hat; im Fall eines Superreichen werden also monatelang Tiere getötet und zubereitet, wobei es gut und gerne zur Auslöschung halber Herden kommen kann. Und da mehr verfügbares Essen gleichzeitig mehr Esser erfordert, nehmen derartige Begräbnisse gern auch mal Festivalcharakter an. Gibt man zu dieser Mischung noch Unmengen von Alkohol, hat man einen Haufen Leute beieinander, die sich die Nächte um die Ohren

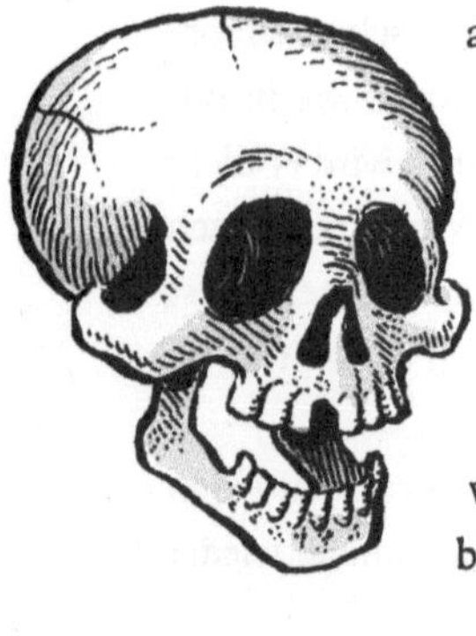

schlagen, fressen und saufen bis zum Gehtnichtmehr und zwischendurch gern mal ein Liedchen anstimmen, um den Verstorbenen bei Laune zu halten.

Wenn genügend Fleisch konsumiert wurde, wird der Tote schließlich beerdigt. Was aber nicht heißt, dass er an dieser Stelle für immer und ewig bleibt. Auch Leichen kennen schließlich Langeweile, und wenn sie Lust haben, sich mal ein anderes Stückchen Erde anzusehen, erscheint ihr Geist einem Verwandten im Traum und äußert den Wunsch nach einer neuen Grabstätte. Klar, dass ein neues Begräbnis auch heißt: eine weitere Feier, und zwar mit fast genauso viel Fleisch und Tamtam wie beim ersten Mal. Sieht so aus, als sei den Buguianern jede Ausrede recht, wenn es ums Partymachen geht.

Die Party vor dem Tod

Man fragt sich vielleicht hin und wieder, was beim eigenen Begräbnis über einen geredet wird. Immer wieder haben sich Leute schwer ins Zeug gelegt, um dahingehend Licht ins Dunkel zu bringen. Andere hingegen machen es sich leichter und organisieren eine Art Bestattungsfeier vor ihrem (letzten) großen Tag. Die berühmteste Trauerfeier zu Lebzeiten war die von Morrie Schwartz, dem Protagonisten des Büchleins *Dienstags bei Morrie*, das so dünn war, dass Tausende von Menschen es tatsächlich auch gelesen und daraufhin Tränen der Rührung vergossen haben angesichts der schönen Idee, das Leben eines Menschen zu feiern, bevor er ins Gras beißt. Natürlich haben Trauerfeiern zu Lebzeiten gegenüber solchen nach dem Tod eine ganze Reihe von Vorzügen, insbesondere den, dass man die Hauptperson küssen und umarmen darf, ohne dass jemand die Polizei ruft. Trauerfeiern zu Lebzeiten sind speziell in Taiwan populär geworden, was eine gewaltige Veränderung innerhalb weniger Generationen darstellt. Denn bis vor kurzem musste man dort das Wort »Tod« nicht einmal deutlich aussprechen, um Unheil anzuziehen. Heute kommen die Gäste gleich scharenweise, um mit sterbenskranken Menschen ihre Trauerfeier zu Lebzeiten zu begehen. Ein 25-Jähriger lud zu seiner Party sogar die Ärzte und Medizinstudenten ein, die seine Leiche nach dem Ableben bekommen sollten, was vermutlich für die eine oder andere eher heikle Gesprächssituation gesorgt hat.

Eines der Probleme bei Trauerfeiern zu Lebzeiten ist, den richtigen Zeitpunkt zu finden. Idealerweise macht man es, wenn die Person im Zentrum des Geschehens gesund genug ist, um das Fest genießen zu können, aber manchmal weiß man eben nicht so genau, wie gut der behandelnde Arzt die verbleibende Lebensdauer einschätzt. Ein 85-jähriger Kardinal gönnte sich im Jahr 2007 eine solche Feier und war zwei Jahre später immer noch prima in Form. Worüber sich allerdings niemand beschwert haben dürfte, bedenkt man einmal die Alternative.

Kann man sich um ein echtes Begräbnis ziemlich gut drücken, so dürfte es eher schwierig sein, eine Einladung zu einer Trauerfeier zu Lebzeiten auszuschlagen. Insbesondere deshalb, weil viele Menschen, die eine vorgezogene Feier veranstalten, ein traditionelles Begräbnis nach ihrem Tod dann eher nicht mehr wollen. Bedenkt man also den Aufwand und all die Emotionen, die eine Trauerfeier zu Lebzeiten mit sich bringt, muss man dafür schon unheilbar krank sein und nur eine bestimmte Zeit zu leben haben. Wenn das bei dir nicht zutrifft, du aber trotzdem glaubst, es könnte eine dufte Sache sein, eine Trauerfeier zu schmeißen und ein paar nette Sachen über dich gesagt zu kriegen, dann hast du Pech gehabt. Die Leute würden zwar kommen, aber jeder wäre davon überzeugt, dass du ein totaler Arsch bist.

Geh unbedingt zu den Begräbnissen anderer Leute, sonst kommen sie nicht zu deinem.

Yogi Berra, Baseballspieler

Ein Händchen für den König

Im März 2012 starb König George Tupou V., der Herrscher über das südpazifische Land Tonga, im Alter von 53 Jahren. Bei der Beerdigungszeremonie trugen 1500 Männer in schwarzen Hemden und den traditionellen Grasröcken den Leichnam des verstorbenen Regenten. Ein Blasorchester führte den Leichenzug an und Tausende Menschen, darunter 5000 Schulkinder, säumten die Straßen, um das Spektakel mitzuverfolgen. Warum auch nicht? Dem Land standen einhundert Tage der Trauer bevor ... wieder einmal. Der König hatte nur vier Jahre lang auf dem Thron gesessen, und wenngleich es für viele Leute lästig war, in weniger als einem halben Jahrzehnt gleich zweimal um ein Mitglied des Königshauses zu trauern, hatten die vierzig offiziellen Leichenbestatter der königlichen Familie wieder einmal für drei Monate den lässigsten Job im Land.

Ein tongaischer König darf nämlich auf keinen Fall berührt werden – wobei es von dieser Regel eine Ausnahme geben muss, denn wo sollten sonst die kleinen tongaischen Prinzen herkommen? –, und das ändert sich auch nicht, wenn er tot ist. Seiner Leiche ist mit demselben Respekt zu begegnen wie zu

Lebzeiten seiner Person. Das bringt uns zu den königlichen Leichenbestattern. Diese Männer, genannt Nima Tapu, dürfen die Leiche präparieren – allerdings nur unter hohen Auflagen. Da ihre Hände den königlichen Leichnam berührt haben und es oberstes Gebot ist, auch jedem zufällig dabei hängengebliebenen Partikelchen königlicher Haut Respekt zu erweisen, dürfen sie mit den Händen einhundert Tage lang nichts machen, und zwar gar nichts. Die Vorstellung, drei Monate lang gefüttert und angekleidet zu werden, mag man vielleicht noch gut finden, aber die Tatsache, seine gesunden Hände nicht benutzen zu können, wird einen wohl höchstwahrscheinlich in den Wahnsinn treiben, vor allem wenn es um intimere Dinge geht wie etwa einen Gang zur Toilette.

Aber ganz gleich, wie schwierig es auch sein mag, monatelang von, ähm, hinten und vorne bedient zu werden, ist das doch meilenweit von dem Schicksal entfernt, das den Leichenbestattern früher blühte. Die Nima Tapu waren nie Einheimische, sondern meist Maori oder Samoaner. Bei ihnen war es einerseits nicht ganz so schlimm, wenn sie den toten König berührten, andererseits konnte man leichter auf sie verzichten. Traditionellerweise wurden einem Bestatter, wenn er Glück hatte, nach Erfüllung seiner Pflichten die Hände abgehackt. Wenn er Pech hatte, wurde er erwürgt. Die Verstümmelung der Hände gab es aber nicht nur bei Leuten, die die Leiche berührt hatten. Auch Personen, die dem Verstorbenen nahestanden, und selbst Mitglieder der königlichen Familie schnitten sich als Ausdruck der Trauer durchaus ein Stück oder auch gleich den ganzen Finger ab. Logischerweise preisen die heutigen Nima Tapu sich glücklich, nur so tun zu müssen, als hätten sie drei Monate lang keine Hände, und nicht etwa für den Rest ihres Lebens tatsächlich keine mehr zu haben.

Arschbombe im Jenseits

Jeder hat eine klare Vorstellung davon, wie ein Wikingerbegräbnis aussah: Bärtige, nordische Männer mit gehörnten Helmen auf dem Kopf stoßen einen Kahn mit ihrem Häuptling drauf hinaus in die Brandung. Sobald er weit genug entfernt ist, schießt jemand einen brennenden Pfeil hinterher, worauf Kahn und Leichnam in Flammen aufgehen, was ein so ergreifendes wie passendes Ende für jemanden darstellt, der sein Leben lang über die Meere gesegelt ist. Das Problem dabei ist nur, dass das nach Meinung der Historiker so gar nicht passiert ist. Und zwar nie.

Wikinger wurden durchaus in einer Art »Kahn« beerdigt, nur dass es sich dabei um kahnförmige Steinformationen auf dem Land handelte. Ganz Nordeuropa ist übersät mit Wikinger-Begräbnishügeln, und in den meisten finden sich diese kahnförmigen Kammern. Dass die »traditionelle« Seebestattung tatsächlich nie stattgefunden hat, liegt unter anderem vermutlich daran, dass brennendes Holz nicht genug Hitze entwickelt, um einen Menschenkörper vollständig zu verbrennen. Viel eher würde der Fall eintreten, dass unweit des Nachbardorfs ein paar Tage später eine halbverkohlte, aufgedunsene Leiche angespült wird.

Es gibt jedoch Kulturen, die ihre Toten im Meer entsorgen, allerdings auf sehr viel effektivere Art und Weise. In etlichen Religionen sind Seebestattungen verboten, doch meist existieren parallel dazu Ausnahmen für Leute, die auf hoher See sterben. Früher, als Seereisen oft viele Monate dauerten und eine Leiche entweder an Bord gelagert oder über Bord geworfen werden konnte, entschied man sich in den meisten Kulturen für die geruchsneutralere Variante. (Wenngleich nicht immer. Lord Nelson, der berühmte britische Flottenadmiral, wurde 1805 bei der Schlacht von Trafalgar erschossen und dann an Bord seines Schiffes in einem vollen Weinfass verstaut. Einem weitverbreiteten Glauben zufolge tranken seine Männer von dem Fass, um dem Kommandanten auf diese recht widerliche Art ihren Respekt zu erweisen.)

In den meisten Ländern ist es bei der Marine möglich, Angehörige auf See zu bestatten. So wurde der Astronaut Neil Armstrong als Exmitglied der US-Navy nach seinem Tod 2012 im Atlantik »beigesetzt«. Aber wenn eine Person, die gern eine Seebestattung hätte, auf dem Festland stirbt – oder auf einem Schiff, das den Toten wieder zurück an Land bringen kann –, wird die Leiche zurückgeschickt, um sie einzuäschern oder einen Sarg zu erstehen. Särge sind wichtig, denn durch sie vermeidet man das Phänomen der »treibenden Leichen«. Wenn Krieg herrscht und Särge Mangelware sind, werden die Leichen in Stoffplanen eingewickelt und mit Gewichten beschwert.

Eine Seebestattung dürfte mit die würdevollste Art und Weise sein, jemanden zur letzten Ruhe zu betten, dennoch finden Leute aus nichtmaritimen Verhältnissen sie oft eher beunruhigend. Im Jahr 1979 gab es in Großbritannien einen Generalstreik. Als die Frage aufkam, was mit den erst jüngst verstorbenen Angehörigen geschehen solle – denn die Totengräbergewerkschaft war ja auch am Streiken –, ließ der Gesundheitsbeauftragte von Liverpool verlauten, man würde im Falle, dass die Dinge zu unhygienisch würden, die Leichen einfach zur See bestatten. Der hierauf folgende öffentliche Aufschrei trug nach Meinung von

Experten maßgeblich dazu bei, dass der Streik schlagartig beendet wurde.

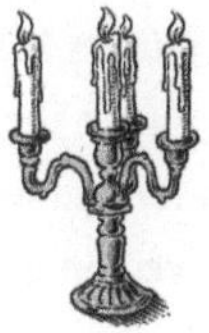

Es gibt keinen, der auf seinem Sterbebett gesagt hätte: »Ich wünschte, ich hätte mich mehr ums Geschäft gekümmert.«

Paul E. Tsongas, US-Senator (starb 1997)

Das Mindeste, was man tun kann

Hin und wieder braucht man für ein Begräbnis ein paar zusätzliche Leute, die traurig dreinblicken und den Toten beweinen. Vielleicht hatte er ja nicht so viele Freunde. Oder man hat selbst keine Zeit und will jemand anderen als Ersatz hinschicken. Oder Hunderte von Leuten sind gekommen, um sich davon zu überzeugen, dass der alte Gauner auch wirklich tot ist, und es braucht ein paar Personen, die sehr laut weinen und so das ganze Gelächter und Freudengeschrei übertönen. Was immer der Grund sein mag: Professionelles Klagen ist eine uralte Tradition, und dazu auch noch eine, die in manchen Teilen der Welt eine echte Alternative für arbeitslose Schauspieler darstellen kann.

Es gab eine Zeit, in der professionelles Trauern, bei dem also Leute ohne Beziehung zu dem Verstorbenen dafür bezahlt wurden, dass sie zum Begräbnis kommen und laut weinen, so verbreitet war, dass es in der Bibel erwähnt wird (»Und siehe, Jesus erweckte Lazarus wieder zum Leben, und beim Aufwachen sagte der: ›Moment mal, ist das hier alles? Hättet ihr nicht ein paar Leute dafür bezahlen können, so zu tun, als würden sie mich vermissen?‹«). In China ist Derartiges für das Jahr 156 v. Chr. belegt. Trauergäste erhielten viel Geld, um laut zu weinen und zu kreischen, sich die Haare zu raufen und auf dem Boden zu wälzen, etwa so, wie heutzutage die jungen Mädchen bei einem Justin-Bieber-Konzert. Man wollte damit nicht nur zeigen, dass der Tote stark vermisst wurde, sondern zudem eine Stimmung erzeugen, in der andere Trauergäste weinen und jammern konnten, ohne Angst zu haben, dass es doof aussieht.

Ein Artikel in der *New York Times* ließ sich 1877 über die Beliebtheit dieser »orientalischen Miet-Trauergäste« aus. Der Autor fragte sich, warum eine derart naheliegende Geschäftsidee noch nicht den Weg in die USA gefunden hatte, in das Land, in dem man jeden dafür bezahlen kann, buchstäblich alles zu tun, was man will, und das Ganze dann auch noch Freiheit nennt. Angesichts der Tatsache, dass man sich mitten im industriellen Zeitalter befand, war er zudem der Meinung, die Vereinigten Staaten müssten das Konzept noch verbessern und einen dampfbetriebenen, mechanischen Trauergast entwickeln: »Ein Trauergast mit vier Pferdestärken würde ohne Zweifel in einer halben Stunde mehr herzzerreißende Schreie ausstoßen als ein normaler Mensch an einem ganzen Tag.« Ganz offensichtlich hatte der Mann nie etwas von Björk gehört.

Unterdessen wollte man im viktorianischen England bei Beerdigungen ums Verrecken keine großen Gefühle ausdrücken (cool bleiben und schön den Sarg tragen), wenngleich sich hier doch eine ganz besondere Ausprägung der »Trauerarbeit« durch Profis entwickelte. Diese Männer wurden – und die Bezeichnung drückt genau aus, wie man sich damals zu verhalten hatte – die »Stummen« genannt. Gewöhnlich handelte es sich dabei um Leute aus der Unterschicht, die einen hübschen Anzug sowie etwas Geld erhielten und dafür dem Begräbnis beiwohnen, die Schnauze halten und sehr, sehr traurig aussehen mussten. Wenn man bedenkt, dass das arme Leute oder Arbeiter waren, die ein Almosen dafür bekamen, beim Begräbnis eines Reichen aufzutauchen, welches mehr kostete, als sie in ihrem ganzen Leben je verdienen würden, mussten sie sich dafür wohl nicht sonderlich anstrengen. Diese Gepflogenheit entwickelte sich im 18. Jahrhundert, wobei es Mitte des 19. Jahrhunderts so war, dass man ohne den einen oder anderen Stummen gesellschaftlich tot war. Dann machte sich Charles Dickens in *Oliver Twist* darüber lustig. Und was Dickens hasste, hasste jeder. Satiremagazine der Zeit wiesen auch immer wieder darauf hin, dass diese nach außen hin niedergeschlagen und unbescholten wirkenden Männer meist das Geld einsteckten und sich direkt im Anschluss an das Begräbnis vollllaufen ließen.

Professionelle Trauergäste waren nach dem Zweiten Weltkrieg kurzzeitig auch in Italien beliebt, doch heutzutage gibt es sie im Grunde nur mehr in der Elfenbeinküste und in China. In dem afrikanischen Staat können ganze Familien gut davon leben, bei Begräbnissen zu trauern – denn es gibt jede Menge davon. Trauer-Aspiranten lungern vor Bestattungsunternehmen herum, studieren die Todesanzeigen in der Zeitung und kontaktieren reiche Familien, um zu erfragen, ob sie nicht noch Leute brauchen, die am Sarg ein paar Tränen verdrücken. Die besten Akteure erlangen Berühmtheit und werden von Familien mit Todesfall irgendwann direkt kontaktiert und um Teilnahme gebeten. Das Entscheidende ist dabei nach Ansicht eines Professionellen, dass man gut schauspielern kann. Wer dabei Probleme mit dem Weinen auf Kommando hat, muss sich dafür beim Haareraufen und Jammern mehr ins Zeug legen, denn: »Auch wenn man für diese Arbeit bezahlt wird, muss man schon ein wenig Leidenschaft mitbringen.«

In China hat die Kulturrevolution das professionelle Trauern zwar vorübergehend zum Erliegen gebracht, aber in jüngerer Zeit ist es wieder groß in Mode gekommen, Leute fürs Trauern zu bezahlen. Das Qingming-Fest ist in China ein Totengedenktag, an dem man die Vorfahren ehrt und ihre Gräber besucht. Da aber das Leben der Menschen immer hektischer wird, finden manche einfach nicht mehr die Zeit, die Gräber persönlich aufzusuchen. Es gibt zumindest eine Firma, die 30 bis 45 Minuten Weinen am Grab für umgerechnet 500 Dollar anbietet. Dank dieses Service kann man den Vorfahren die Ehre erweisen und trotzdem sein Geschäftsmeeting wahrnehmen.

Stripbegräbnisse

Begräbnisse sind in der Regel ziemlich deprimierende Angelegenheiten, aber in manchen Kulturen haben sich Bräuche entwickelt, mit denen die Sache ein wenig prickelnder wird. Erwähnenswert ist in diesem Zusammenhang sicher der in Irland praktizierte Konsum von Alkohol bis zum Abwinken, doch am kreativsten sind immer noch die Taiwanesen. Denn bei ihren Begräbnissen besteht das Unterhaltungsprogramm für Lebende und Tote gleichermaßen aus Stripperinnen.

Sich bei Begräbnissen der Kleidung zu entledigen, wurde von der taiwanesischen Regierung zwar in den 1980er Jahren untersagt, dennoch ist die Praxis vor allem in ländlichen Regionen nach wie vor sehr beliebt. Die fahrenden Künstlerinnen kommen in bunten Lieferwagen, den sogenannten »Electric Flower

Cars« (elektrische Blumenlaster), und ziehen auf der Ladefläche ihre Nummer ab. Wenngleich die Damen sich auf Wunsch der Familie meist nicht komplett entblößen, singen sie Lieder und machen Pole-Dance, während sie sich bis auf die Bikinis ausziehen. Man hat auch schon von dem einen oder anderen Lap-Dance gehört – hoffentlich aber nur für einen der lebendigen Gäste. Je mehr Lärm und Aufregung die Stripperinnen verursachen, desto besser, denn ein taiwanesisches Begräbnis ist von der Anlage her keine ruhige und trübsinnige Sache.

Der Begräbnisstriptease ist womöglich entstanden, als die taiwanesische Mafia in die Bestattungsbranche einstieg. Da sie die Mehrzahl der Strip-Clubs kontrollierte, bedeutete eine Kombination der beiden Geschäftsbereiche mehr Geld für das organisierte Verbrechen. Vermutlich brachte man den Leuten diese doch eher bizarre Idee nahe, indem man argumentierte, die Attraktion würde mehr Trauergäste anlocken. Und da es in Taiwan wichtig ist, eine große Trauergemeinde zu haben, fand sie Anklang. Manche Leute sind sogar felsenfest davon überzeugt, dass diese Strip-Shows in einem übernatürlichen Zusammenhang stehen, und zwar aus dem Grund, dass ältere Geister auf jüngere eifersüchtig sind und deshalb auf den soeben Verstorbenen herumhacken. Durch den Anblick junger Frauen seien sie aber abgelenkt, was zur Folge hat, dass der Neuankömmling in aller Ruhe ins Jenseits eingehen kann. Man hätte es in dem Fall, wenn schon nicht mit einer Erweckung, dann doch zumindest mit einer Erregung der Toten zu tun.

In jüngerer Zeit hat die Praxis auch auf das chinesische Festland übergegriffen. Mancherorts ist dort ein Begräbnis die beste Unterhaltung, die abends zu kriegen ist. Zumindest dürfte hier mehr geboten sein als beim Besuch einer Karaoke-Bar. Es kommt sogar häufig vor, dass zwei Begräbnisse gleichzeitig stattfinden und die Stripperinnen alles geben, um zu sehen, wer die meisten Gäste anlockt. Dabei ist festzuhalten, dass die chinesischen Behörden über diese Stripbegräbnisse genauso unglücklich sind wie die taiwanesischen und deshalb eine Hotline eingerichtet haben, über die etwaige »Begräbnisvergehen« gemeldet werden können. In den letzten paar Jahren wurden mindestens fünf Personen verhaftet, weil sie diese »obszönen« Abschiede organisiert haben. Aber echte Fans lassen sich auch durch drohende Gefängnisstrafen nicht abschrecken. Ein Taiwanese, der Strip-Clubs über alles liebte und quer durchs Land reiste, um neue zu entdecken, handelte mit seinem Sohn aus, dass er eine Stripperin an seinem Grab haben dürfe, wenn er die Hundert schaffen würde. Er wurde sage und schreibe 103, woraufhin der Sohn Wort hielt und den alten Herrn mit dessen Lieblingszeitvertreib stilvoll verabschiedete.

Das Leben ist hart. Dann stirbst du.
Dann schmeißen sie dir Dreck ins Gesicht.
Dann fressen dich die Würmer.
Sei froh, dass das nicht in
umgekehrter Reihenfolge passiert.

David Gerrold, Autor

Totentanz

Für die Bewohner von Madagaskar bedeutet Sterben keineswegs, ab jetzt nicht mehr an Familientreffen teilnehmen zu können. Denn alle paar Jahre wird die Grabstätte mit den Verwandten drin geöffnet – und dann ist Partytime!

Einige der madagassischen Stämme glauben, dass die Seele eines Menschen erst aus der realen Welt verschwindet, wenn der Leichnam vollständig zersetzt ist. Da kann es einen schon ziemlich anöden, über Jahre in einer Gruft gefangen zu sein – gerade wenn man den Familienmitgliedern, mit denen man das Grab teilt, nicht besonders nahestand. Am ersten Todestag, und ab da alle sieben Jahre, kommt die ganze Familie zusammen und holt im Rahmen einer Zeremonie namens Famadihana, was so viel heißt wie »Wenden der Knochen«, die sterblichen Überreste der Vorfahren aus ihrem Aufbewahrungsort. Zutreffender wäre allerdings die Bezeichnung »Herumtanzen mit Leichen«. Wenngleich bei der rituellen Handlung beliebig viele Leichen mitmachen können, ist die wichtigste von allen stets eine, die bei der Feier noch nie zuvor dabei war. Diese Zusammenkünfte wurden möglicherweise von südostasiatischen Begräbnisriten angeregt und entstanden vermutlich im 17. Jahrhundert. Sie können riesige Ausmaße annehmen, denn Familienangehörige kommen aus dem ganzen Land und selbst von noch weiter her angereist, denn seien wir ehrlich: Wie oft hat man schon Gelegenheit, mit einer Leiche Foxtrott zu tanzen?

Zu den Klängen einer Liveband hebt die Verwandtschaft die Leichen hoch in die Luft und tanzt mit ihnen herum. Das kann sich über Stunden hinstrecken, währenddessen Hunderte von Familienangehörigen, Freunden und sogar vorbeikommende Touristen sich die Kante geben und Kippen an improvisierten Büdchen kaufen, die extra für das Fest errichtet wurden. Wenn der Tanz vorbei ist, werden die seidenen Tücher, mit denen die stabileren Leichen umwickelt sind, gewechselt, wohingegen die, die sich in Stücke aufgelöst haben (wohl auch aufgrund dieser Tanzerei), wieder in eine an einen menschlichen Körper erinnernde Form gebracht werden. Die Verwandten streichen mit den Händen über die Leiche, berichten über Familientratsch und Neuigkeiten und bitten um Segnungen wie Gesundheit und Reichtum. Diverse Familienmitglieder und alle hochrangigen Gäste halten Reden, wobei im Grunde jeder einfach fortfährt, sich zu betrinken. Am Ende der Feierlichkeiten, die zwei oder drei Tage dauern können, werden die frisch eingewickelten Leichen neu gekennzeichnet und dann mitsamt Beigaben wieder in die Gruft verfrachtet. Wenn man bedenkt, wie feuchtfröhlich die Veranstaltung abläuft, dann verwundert es kaum, dass eine äußerst beliebte Beigabe Alkohol ist. Die Grabstätte wird wieder versiegelt, und alle machen sich auf den Heimweg, um bis zur nächsten Famadihana ihren Kater auszukurieren. Einige protestantische Kirchen haben versucht, diese Famadihanas zu unterbinden, wohingegen die katholische Kirche sie erlaubt, weil sie den Brauch als kultische und nicht als religiöse Handlung betrachtet. Wie auch immer – billig sind diese Feste nicht. Die Veranstalter müssen für die Musiker zahlen, für die Tücher, für ein Gelage mit Hunderten Teilnehmern sowie für die Unmengen von Alkohol, die es braucht, um Menschen glauben zu machen, mit Leichen herumzutanzen sei eine gute Idee. Aber selbst in Madagaskar, einem der ärmsten Länder der Welt, sind die Menschen der Meinung, das sei ihnen der Spaß wert – denn Familientreffen sind und bleiben einfach wichtig.

Postmortale Eheschließung

Einen toten Menschen zu heiraten, ist nicht unbedingt die naheliegendste Idee, aber Tatsache ist, dass vier verschiedene Kulturen auf drei Kontinenten dieses Konzept unabhängig voneinander entwickelt haben. An der Sache muss also irgendwas dran sein. Und wenngleich nicht ganz so häufig wie in den großen vier (Frankreich, China, Indien und Sudan), kam es rund um den Globus auch in etlichen anderen Ländern immer wieder zu posthumen Hochzeitszeremonien. Wenn einem also die Mutter Tag und Nacht in den Ohren liegt, dass man bereits weit jenseits des durchschnittlichen Heiratsalters sei und man sich endlich überwinden und eine Familie gründen solle, kann man zu ihrer Beruhigung sagen, dass man sich damit buchstäblich ewig Zeit lassen kann.

In Frankreich finden solche Hochzeiten statt, wenn der Verlobte der Frau vor der geplanten Hochzeit verstirbt. Diese Praxis entstand allem Anschein nach zu Zeiten des Ersten Weltkriegs, als Frauen ihre Verbindung mit Soldaten würdigen wollten, die an der Front gefallen waren. Bedenkt man, wie wenige heiratsfähige Männer es nach dem Krieg noch gab, war eine Geisterhochzeit vermutlich eine der besseren Optionen. In den 1950er Jahren bat eine Frau den französischen Staatspräsidenten um Erlaubnis, ihren bei einem Dammbruch ertrunkenen Verlobten heiraten zu dürfen. Die Presse berichtete ausgiebig über den Fall, und binnen kurzem wurde ein Gesetz verabschiedet, das posthume Eheschließungen in Frankreich legalisierte. Es gibt jedoch Einschränkungen: Man muss sich erstens direkt an den Präsidenten wenden, zweitens beweisen, dass man verlobt war, und drittens die Zustimmung der Familie des Verstorbenen einholen. Moderne Romeos und Julias brauchen sich also gar nicht erst bewerben. Trotz dieser ganzen Reifen, die es zu durchspringen gilt, werden 75 Prozent der jedes Jahr zu Hunderten gestellten Anträge positiv beschieden. Sobald die Sache genehmigt ist, findet eine ordentliche Hochzeitszeremonie statt, bei der meist ein Foto den Verstorbenen ersetzt (denn der Verwesungsprozess wird allgemein als Stimmungskiller empfunden). Durch die Hochzeit werden alle Kinder legitimiert, die das Paar vor der Ehe gezeugt hat. Anstatt zur Gattin, wird die Frau (und es ist meist eine Frau) zur rechtmäßigen Witwe. Dennoch erlaubt ihr die Heirat keineswegs, das Vermögen des Toten einzusacken, weshalb die Braut auch vom Altar nicht schnurstracks ins Anwaltsbüro rennen muss, um das Testament anzufechten.

In China waren Geisterhochzeiten früher sehr viel gängiger als heutzutage. Für eine Frau war es wichtig zu heiraten, denn so gehörte sie zur Familie des Mannes, mit dem gemeinsam sie Kinder hatte. Ihre Nachkommen huldigten ihr in der Folge als Mitglied dieser Familie. Alte Jungfern sahen sich also einem ganz anderen Druck ausgesetzt als nur dem, zwölf Katzen besitzen zu müssen – wie anderswo in der Welt üblich. Wenn eine Frau starb, ohne in den Hafen der Ehe eingelaufen zu sein, wurde sie gern auch mal mit einem ledigen, wenngleich ebenfalls toten Mann verheiratet. Dadurch wurden die Familien zusammengeführt, und die Angehörigen des Mannes konnten nun auch für sie beten. Eine Frau, die ledig war, sich aber bester Gesundheit erfreute, konnte aus genau demselben Grund einen Toten heiraten. Einen toten Sohn mit einer lebenden Frau zu verkuppeln, war für die Familie des Sohnes ebenfalls von Vorteil. Wenngleich von der Frau erwartet wurde, ihrem Mann treu zu sein und deshalb von nun an enthaltsam zu leben (es sei denn, sie stand auf irgendwelche Ferkeleien), waren die Eltern des Verstorbenen durch die Existenz einer »Gattin« jetzt in der Lage, in seinem Namen ein Kind zu adoptieren. Ohne Ehefrau war eine Adoption nicht möglich.

Und obwohl die Kommunistische Partei 1949 versucht hat, diese Geisterhochzeiten zu unterbinden, existieren sie bis heute. Im Jahr 2012 wurden Grabräuber verhaftet, die den Leichnam einer soeben erst verstorbenen Frau gestohlen hatten und ihn zu Heiratszwecken verkaufen wollten, und bereits 2007 hatte ein Mann zugegeben, mindestens sechs Frauen getötet und als Bräute verscherbelt zu haben. Diese Leichen, und damit die himmlischen Hochzeiten, für die sie stehen, kosten angeblich mehrere tausend Dollar, was bedeutet, dass in Teilen der chinesischen Gesellschaft eine tote Frau mehr wert ist als ein neugeborenes Mädchen.

Abschied von Fiffi

Wer jemals ein Haustier besessen hat, weiß, dass der Verlust eines solchen genauso schmerzhaft sein kann wie der eines Freundes oder Verwandten. Allem Anschein nach gab es im Verlauf der Geschichte keinen einzigen Moment, in dem das nicht so war. Ausgrabungen belegen ritualisierte Begräbnisse von Tieren schon für die Zeit um 2500 v. Chr., und sowohl von Alexander dem Großen als auch von den ägyptischen Pharaonen weiß man, dass sie für ihre Hunde oder Pferde riesige Grabstätten errichten ließen. Aber auch normale Menschen richteten in der Antike große, separate Bereiche für ihre toten Haustiere ein.

Und unsereins spült den Goldfisch das Klo runter. Wir sollten uns was schämen!

Die offen gezeigte Liebe zu Tieren scheint in Europa während des Mittelalters ein wenig abgeflaut zu sein, vielleicht aufgrund des Verdachts der Hexerei, dem Frauen sich ausgesetzt sahen, und speziell die mit einer allzu engen Bindung zu Tieren. Als dann im viktorianischen Zeitalter die Todesbesessenheit ungeahnte Höhen erreichte, erfreuten sich auch Tierbegräbnisse wieder größerer Beliebtheit. Für die Leute auf dem Land gab es da ja kaum Probleme, aber in den übervölkerten Städten herrschte eher der Brauch, tote Tiere in den Müll oder auch in den Fluss zu werfen. 3000 Tierleichen wurden allein im Jahr 1899 aus der Seine gefischt. Stadtbewohner, die verzweifelt nach einer etwas würdevolleren letzten Ruhestätte für ihre kleinen Lieblinge suchten, schlichen sich auf die normalen Friedhöfe und beerdigten sie dort bei Nacht. Die Tiere wurden dabei in einen kleinen Sarg gebettet, oft auf ein Kissen, und dann zusammen mit einem Knochen oder Lieblingsspielzeug begraben. Dieser Brauch hat sich bis heute gehalten.

In unseren Tagen sind Tierbeerdigungen ein Riesengeschäft. Die *International Association of Pet Cemeteries and Crematories* (IAOPC; Internationale Vereinigung der Tierfriedhöfe und -krematorien) verfügt über ein Regelwerk und zählt Tausende von Mitgliedern. Für sein geliebtes Tier kann man vom goldenen Sarg bis zum 1000-Dollar-Grabplatz so gut wie alles kaufen. Mittlerweile geht der Trend allerdings dahin, die Liebesschraube noch weiter zu drehen und sich mit seinem Haustier gemeinsam beerdigen zu lassen.

Auf den meisten Friedhöfen dürfen Tiere nicht begraben werden. Wer bis in alle Ewigkeit mit seinem besten Freund beisammen sein will, hat also nur begrenzte Möglichkeiten. Eine davon ist eine Feuerbestattung. Zumindest in den USA kann die Asche eines Menschen so gut wie überall begraben oder verstreut werden, deshalb verfügen dort immer mehr Leute, verbrannt und dann neben ihrem Hund oder ihrer Katze auf einem Tierfriedhof beigesetzt zu werden. Im Jahr 2011 sprach allerdings ein Tierfriedhof in New York, bei dem schon im letzten Jahrhundert mindestens 700 Menschen beantragt hatten, neben ihren Tieren beerdigt zu werden, in diesem Punkt plötzlich ein Verbot aus. Quasi über Nacht befand er sich in einer rasant hochkochenden Kontroverse auf der Seite mit der Arschkarte, und die Entscheidung wurde ziemlich schnell wieder rückgängig gemacht. Dies sollte eine Lehre für all diejenigen sein, die Ähnliches planen: Legt euch nie mit Leuten an, die gerade ein Haustier verloren haben! Mittlerweile entstehen in den USA ganz neue Friedhöfe, deren erklärtes Ziel es ist, Mensch und Tier bis in alle Ewigkeit beisammen sein zu lassen. Und 2010 kam es zur Eröffnung eines Mensch-und-Tier-Friedhofs in England, was vermuten lässt, dass sich hier ein globaler Trend abzeichnet. Was für ein Spaß! Man hat alle Ewigkeit, um seinem Hund neue Kunststücke beizubringen – zum Beispiel, wie man sich im Grab herumwälzt oder sich lebendig stellt.

Das Gute an den Toten ist, dass sie für Platz sorgen.

John Updike,
Schriftsteller (starb 2009)

Kapitel 3

Unfeierliche
Superlative

Man sollte nicht von der Größe des Grabsteins auf die Größe der Leiche schließen. Oder doch? ▶

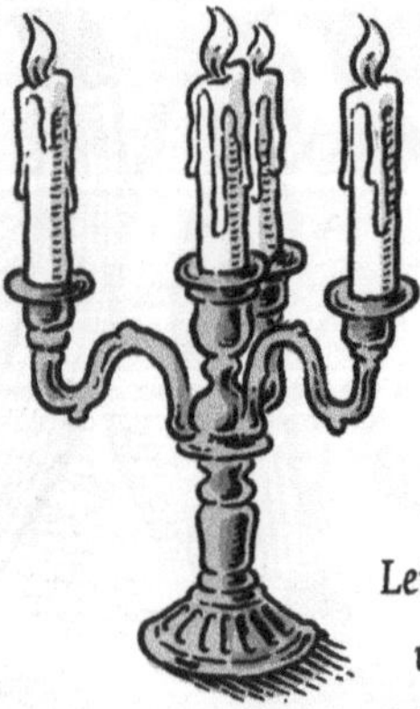

Egal, wie viel Zeit man auch auf die Planung der eigenen Beerdigung verwendet, irgendwo gibt es immer jemanden, der es besser, teurer, schneller oder einfach nur cooler gemacht hat. Menschen tun nicht nur zu Lebzeiten alles, um sich gegenseitig auszustechen, sie gehen auch noch im Tod über Leichen. Ob es sich um den niemals enden wollenden Streit darüber handelt, welcher Friedhof denn nun der größte ist, oder darüber, wer die umfangreichste Anteilnahme ausgelöst hat – Beerdigungssuperlative sind wichtig. Diejenigen, die im »Guinness-Buch der Rekorde« festgehalten sind, werden ohnehin ständig angegriffen und gebrochen. Vielleicht gehören Sie zu den vielen Millionen, die dem meistbesuchten Friedhof der Welt eine makabre Visite abstatten wollen, vielleicht wollen Sie auch nur wissen, wie Sie ein todschickes Begräbnis für Ihren Hund organisieren können. Aber selbst wenn Sie es sich als Toter noch einmal so richtig gutgehen lassen und für Ihren Abgang den teuersten Leichenwagen, den teuersten Sarg und die teuerste Grabparzelle haben wollen, sind die Superlative in diesem Kapitel genau das Richtige für Sie.

Der beliebteste Friedhofsname

Die Siedler des Wilden Westens waren ganz vorne mit dabei, wenn es darum ging, Entbehrungen auf sich zu nehmen, aus dem Nichts etwas aufzubauen und nebenher ganze Populationen auszulöschen (die Indianer und die Bisons). An der kreativen Front stanken sie demgegenüber allerdings etwas ab. Siedlungen wurden nach bereits existierenden Städten oder nach landschaftlichen Besonderheiten benannt. Und damit hatte es sich mit den wichtigen Bezeichnungen! Für Friedhöfe schien ganz offenbar der Name »Boot Hill« (Stiefelhügel) auszureichen.

Dodge City in Kansas war die erste Stadt mit dieser Ortsangabe. Da man sich im Wilden Westen befand, starben wohl viele Männer »in ihren Stiefeln«. Aber nicht etwa krank im Bett, sondern mitten auf der Straße oder im Saloon – und zwar an einer Schusswunde beziehungsweise etwas, das man phantasievoll mit »Bleivergiftung« umschrieb. In der Annahme, die Männer würden ihren Familien die wahre Todesursache wohl lieber vorenthalten, versah man eine unverhältnismäßig hohe Anzahl von Grabsteinen mit dem Hinweis, der hier Beerdigte sei vom Blitz getroffen worden.

Die Bezeichnung hatte eine derartige Durchschlagskraft, dass binnen kurzem Hunderte von Städten auch so einen Boot-Hill hatten, wobei die berühmtesten Friedhöfe wohl die in Deadwood, South Dakota, und Tombstone, Arizona, sein dürften. In Tombstone, wo seit über 100 Jahren niemand mehr beerdigt wurde, der Friedhof aber bis heute öffentlich zugänglich ist, liegen Billy Clanton, Frank McLaury und Tom McLaury, die alle drei von Doc Holliday und den Earp-Brüdern bei der Schießerei am O. K. Corral getötet wurden. Der Boot-Hill in South Dakota heißt heute Mount Moriah und ist legendär, weil hier die letzte Ruhestätte von Wild Bill Hickok und Calamity Jane ist.

Der geilste Typ, der je auf einem Boot-Hill begraben wurde, dürfte allerdings Lester Moore sein. Auch ohne historisch eine Rolle gespielt zu haben, erlangte er Berühmtheit aufgrund seines Grabsteins. Moore bekam nämlich Ärger, als er beim Transportunternehmen Wells Fargo als Postangestellter arbeitete und ein Kunde namens Hank Dunstan, der sein Päckchen abholen wollte, feststellen musste, dass dieses beim Versand erheblich beschädigt worden war. Hank zeigte sich nicht sonderlich erfreut, und die Männer regelten die Angelegenheit auf Wild-West-Manier, will heißen mit Kugeln. Dunstan drückte viermal ab, doch bevor Moore sein Leben aushauchte, konnte er das Feuer erwidern und seinen Gegner tödlich verwunden. (Es ist nicht dokumentiert, was in dem beschädigten Päckchen war, aber angesichts zweier Menschenleben sollte es sich mindestens um das Ei eines Drachen oder etwas ähnlich Wertvolles gehandelt haben.) Moore wurde auf dem Boot-Hill von Tombstone begraben, und seine Grabinschrift machte ihn berühmt:

HERE
LIES
LESTER MOORE
FOUR SLUGS
FROM A 44
NO LES
NO MORE

(Hier liegt / Lester Moore / vier Kugeln / aus einer .44er / nicht mehr / nicht weniger)

Wenn der eine oder andere mit dem Gedanken spielt, seinen eigenen Friedhof zu eröffnen, sollte er ruhig auf das Bewährte setzen und ihn »Boot Hill« nennen. Und bald schon werden die Cowboys von heute im wahrsten Sinne des Wortes dafür sterben, auf diesem Friedhof beigesetzt zu werden.

Der größte Friedhof

Wenn man vorhat, einen Friedhof zum größten zu erklären, sieht man sich vor eine ganze Reihe von Problemen gestellt. Als Erstes muss man definieren, um welche Art von Größe es überhaupt geht: um die der Fläche, die der Leichenanzahl oder die der Summe aus beidem? Aber selbst wenn etliche Friedhöfe von sich behaupten, der größte zu sein, gibt es drei wirklich ernsthafte Anwärter.

Der Friedhof von Ohlsdorf Der Friedhof im Hamburger Stadtteil Ohlsdorf entstand im Jahr 1877 und ist rein flächenmäßig der größte aller zivil genutzten Friedhöfe. Haben andere von der Gesamtzahl der Beisetzungen her durchaus noch mehr zu bieten, blickt man hier auf stolze 1,5 Millionen davon zurück. Die 391 Hektar große Anlage ist eine beliebte Touristenattraktion und dabei derart ausgedehnt, dass Busse bei der Besichtigung ganze 25 Mal anhalten, um den interessierten Besuchern die totale Erschöpfung zu ersparen. Um die Anlage einigermaßen in Schuss zu halten, sind 230 Gärtner nötig.

Da man sich in Deutschland befindet (wo Zweiter Weltkrieg und Gedöns für viel Betroffenheit gesorgt haben), gibt es sechs Gedenkstätten für die Opfer des Nationalsozialismus, und unter den hier Ruhenden befinden sich ein deutscher Kanzler (Wilhelm Cuno), ein Nobelpreisträger (Gustav Hertz) sowie zahlreiche Hamburger Bürgermeister. Mit das umstrittenste Begräbnis fand im Jahr 2011 statt, als die junge Pornodarstellerin Carolin Wosnitza hier ihre letzte Ruhestätte fand. Das Problem war allerdings nicht ihr Beruf, denn auch Deutschlands berühmteste Prostituierte, Domenica Niehoff, liegt ja hier, nein: Es ging um die 25 000 Euro teure Grabstätte und die dazugehörigen, recht freizügigen Bilder der Verstorbenen, die von der Friedhofsverwaltung als »zu sexy« angesehen wurden und entfernt werden mussten.

Calverton-Nationalfriedhof Der größte Militärfriedhof ist von der Fläche her der Calverton National Cemetery. Er befindet sich auf Long Island und ist mit seinem Gründungsjahr 1978 relativ neu im Friedhofsuniversum. Trotz einer Gesamtfläche von über vier Quadratkilometern wird er wohl ziemlich schnell voll sein – 200 000 Beisetzungen gab es bisher, pro Jahr folgen derzeit rund 7000. Aufgrund des starken Andrangs hat die Verwaltung eine Art Fließbandabwicklung eingerichtet, aufgrund derer sogar mehrere Beerdigungen gleichzeitig stattfinden können.

Wadi-us-Salaam Ungeschlagen bezüglich der Anzahl der Leichen ist und bleibt jedoch der irakische Wadi-us-Salaam, auch genannt das Tal des Friedens. Seit seiner Gründung im siebten Jahrhundert wurden hier sage und schreibe fünf Millionen Menschen beerdigt. Gerüchten zufolge möchte jeder einzelne Iraker schiitischen Glaubens hier beerdigt werden. Hier finden sich die Grabmäler einer ganzen Reihe von Propheten und Imamen, darunter auch das von Ali ibn Abi Talib, der den Schiiten als erster Imam überhaupt gilt. Seit der US-amerikanischen Invasion im Irak herrscht im Tal des Friedens allerdings erheblich weniger Friede als zuvor, denn es kam immer wieder zu Schusswechseln. Die einheimische Miliz nutzte die Grabstätten als Versteck, und ein Angehöriger der US-Streitkräfte hat die bewaffneten Kämpfe auf dem Friedhof als »ziemlich gruselig« bezeichnet. Na ja, wenigstens gibt es ausreichend Deckung ...

Ich bin jedes Mal erleichtert,
wenn jemand eine Trauerrede hält
und ich merke, dass ich zuhöre.

George Carlin, Komiker (starb 2008)

Der lustigste Friedhof

Wenngleich es Kulturen gibt, die den Tod als ein zumindest einigermaßen freudiges Ereignis betrachten, ist man in Europa ziemlich geschlossen der Ansicht, es handele sich dabei um etwas Ernsthaftes und Trauriges. Umso verstörender ist die Existenz des Fröhlichen Friedhofs (Cimitirul Vesel) in dem rumänischen Dorf Săpânţa. Er gilt als lustigster Friedhof der Welt und wurde in den 1930er Jahren von dem ortsansässigen Kunsthandwerker Stan Ioan Pătraş gegründet. Jedes einzelne Grab hat als »Grabstein« eine geschnitzte, nach oben spitz zulaufende Holztafel, bunt angemalt und mit informativen sowie meist recht amüsanten Porträts und Beschreibungen der Verstorbenen versehen. Diese fröhlich-satirische Sichtweise des Todes hat ihre Wurzeln vermutlich in dem antiken Zalmoxis-Kult und dem damit verbundenen Glauben, der Tod sei im Grunde nicht mehr als ein Wechsel des Aufenthaltsorts – als ob man quasi umziehen würde, ohne jedoch schwere Möbel schleppen zu müssen.

Die hölzernen Grabtafeln sind allesamt von Hand gearbeitet. Im oberen Teil befindet sich eine bildliche Darstellung des Verstorbenen, die sich meist auf seinen Beruf bezieht. Der untere Teil besteht aus der Inschrift, welche die relevanten Informationen zur Person enthält, wobei man im einen oder anderen Fall über die tatsächliche Relevanz sicher streiten kann. Das Ganze ist in bunten Farben gehalten, wobei Blau am meisten verwendet wurde und den Friedhof insgesamt dominiert. In der Summe sieht das alles recht erstaunlich aus – kein Wunder, dass der Friedhof zur Touristenattraktion wurde. Auch der rumänische Diktator Nicolae Ceauşescu hat ihn im Jahr 1974 besucht.

Manchmal stellen die Bilder auf den über 600 Grabtafeln dar, wie der hier Begrabene ums Leben kam. Eines zeigt zum Beispiel einen Schäfer mit seiner Herde, der nicht bemerkt, dass der Räuber, der ihn töten wird, direkt hinter ihm steht. Ein anderes zeigt einen Mann mit seinen geliebten Pferden, und die Inschrift klärt uns auf: »Erst saß ich auf meinem Pferdekarren, dann fiel ich runter und war tot.« Echt zum Brüllen, diese Rumänen, haben einfach immer einen auf Lager.

Die meisten Beschreibungen sind vom Standpunkt des Toten aus geschrieben und enthalten oft mehr Informationen, als einem lieb ist. Ein Mann hofft, dass es im Himmel Käsebrote gibt. Ein anderer sinniert darüber, wie nett und gutaussehend er doch war und dass es leider nur wenige Männer wie ihn gibt. Die berühmteste Inschrift ist allerdings eine, die nicht aus der Perspektive des Toten verfasst ist. Stattdessen stammen die Worte vom Schwiegersohn einer verstorbenen Frau, und man darf vermuten, dass das Verhältnis der beiden eher angespannt war. Er sagt, wenn sie noch ein paar Tage länger gelebt hätte, wäre er draufgegangen, deshalb verspricht er, von nun an ein guter Mensch zu sein, damit sie auf keinen Fall aus der Hölle zurückkommt und ihm »den Kopf abbeißt«.

Erwähnenswert ist noch, dass der Friedhofbetreiber Pătraş 1977 verstarb, nicht jedoch ohne einen Nachfolger anzuheuern – und seine eigene Grabinschrift zu schnitzen, die da lautet:

Seit ich ein kleiner Junge war
Kennt man mich als Stan Ioan Pătraş
Hört zu, Leute
Nichts, was ich sage, ist gelogen
Mein ganzes Leben
Wollte ich niemandem etwas Böses
Sondern tat Gutes, wo ich konnte
Und half jedem, der mich bat
Ach, meine arme Welt
Weil es schwer war, darin zu leben

Die teuersten Fleckchen Erde

Sich mit den Maiers und Müllers zu messen, beschränkt sich nicht allein auf unsere Lebenszeit. Auch für den Sterbefall muss man sich klarmachen, dass es Grabstätten gibt, die ein bisschen besser sind als andere. Und ob lebendig oder tot, für exklusive Dinge zahlt man nun mal Wucherpreise. Natürlich hat es auch Vorteile, über eines der weltweit begehrtesten Fleckchen Erde zu verfügen, wenngleich man keinen davon wirklich genießen kann, denn bei Inbesitznahme ist man ja schließlich tot. Immerhin kommt vielleicht die Familie öfter zu Besuch – vorausgesetzt, sie ist nicht gerade auf den Malediven und haut dort das Erbe auf den Kopf.

Santa Barbara Cemetery Der Friedhof von Santa Barbara wäre eigentlich wie gemacht dafür, hier ein paar schweineteure Villen hinzustellen. Aber so können die Besucher eine der schönsten Aussichten der gesamten USA genießen. Die Gräber überblicken den Pazifischen Ozean, und der Friedhof ist voll mit Palmen. Gärtner sorgen dafür, dass die Rasenflächen so makellos sind wie auf einem der umliegenden Golfplätze. Die Gräber als solche muten nicht wirklich wie Gräber an, sondern eher wie griechische Tempel. Und wenn man bis in alle Ewigkeit auf den Pazifik sehen will, kostet das nur schlappe 85 000 Dollar. Wobei das nicht der Preis für ein Mausoleum ist – die kosten mehrere Millionen –, sondern für eine Grabstelle in der Nähe der Klippen.

Forest Lawn Memorial Park Der exklusivste Ort, um in Hollywood beerdigt zu werden, ist der Forest Lawn Memorial Park. 1906 als gemeinnützige Anlage gegründet, war es erklärtes Ziel der Besitzer, hier den schönsten Friedhof der Welt entstehen zu lassen. Das schloss für lange Zeit mit ein, dass sie niemanden zuließen, der nicht weiß und christlich war. Kaum weniger kontrovers war ihre Vorliebe für Kunst; das Gelände ist mit Hunderten von Skulpturen übersät. Und buchstäblich Hunderte von berühmten Leuten aus der Unterhaltungsindustrie sind hier begraben – wer sich ihnen mit einem eigenen kleinen Mausoleum anschließen will, muss dafür nur 825 000 Dollar lockermachen. Skurrilerweise finden in den drei Friedhofskapellen nicht nur Begräbnisfeiern statt, sondern auch Hochzeiten; in einer von ihnen hat Ronald Reagan seine erste Frau geheiratet.

Woodlawn Cemetery Der teuerste Friedhof auf dem Planeten ist aber definitiv der Woodlawn Cemetery in der Bronx. Seit 1863 letzte Ruhestätte von allem, was in New York Rang und Namen hat, wurde der Friedhof sowohl in die »Liste der Historischen Stätten der USA« aufgenommen, als auch in den Rang eines »Historischen Wahrzeichens« erhoben. Hier kostet selbst die billigste Grabstelle mehr als eine Eigentumswohnung, wobei der echte Knaller der Grundstückspreis für ein Familienmausoleum ist. Wie viel? Lumpige 1,5 Millionen Dollar. Wer seine Familie hier für die Ewigkeit bettet, muss sie also wirklich von ganzem Herzen lieben.

Sterben ist einfach,
es ist das Leben, das mich
zu Tode ängstigt.

Annie Lennox,
Singer-Songwriter

Die schnellsten Leichenwagen

Sollte sich jemand irgendwann in der Situation befinden, eine Leiche schnell, ja sogar rasend schnell zum Friedhof befördern zu müssen – keine Sorge. So gut wie jeder Leichenwagen-Typus wurde irgendwann für den Versuch eines Geschwindigkeitsrekords eingesetzt, und auch wenn die Dinger ziemlich viel wiegen, können sie abgehen wie Schmidts Katze. Sicher, normale Lincolns oder Cadillacs sind zu ausladend und zu schwerfällig, um richtig Tempo zu machen, aber das ist genau der Punkt, an dem die Motorrad-Leichenwagen ins Spiel kommen.

Wohl gibt es sie überall auf der Welt, aber in England scheint man eine besondere Schwäche für sie zu haben, und dort speziell unter Geistlichen. Nach Dutzenden von Begräbnissen zerbrachen sich die Männer Gottes vermutlich den Kopf, wie sie wohl die Trauerfeiern ein bisschen schneller hinter sich bringen konnten. Im Jahr 2011 versuchte sich Pastor Ray Biddiss am Guinness-Weltrekord in der Kategorie Schnellster Leichenwagen, und zwar mit einem speziell angefertigten Motorrad, an dem er vier Jahre lang herumgeschraubt hatte. Wenngleich das fertige Produkt drei Räder sowie eine kistenförmige Erweiterung hatte, um den Sarg transportieren zu können, versicherte der Herr Pastor hoch und heilig, es handele sich dabei keineswegs um einen Beiwagen, denn er würde »lieber tot umfallen, als sich in einen Beiwagen zu setzen«. Vermutlich würde er in einen Beiwagen auch keinen toten Beifahrer setzen, denn der kann sich ja nicht mit in die Kurve legen.

Mit seinem »Rocket« genannten Motorrad-Leichenwagen schaffte Biddiss beim offiziellen Geschwindigkeitstest saubere 114,1 Meilen pro Stunde (entspricht etwa 183 km/h), wobei er einen zwei Meter langen Sarg mit an Bord hatte. Obgleich niemand gezwungen wurde, sich zum Testen in einen Sarg zu legen, der auf einem mit fast 200 Sachen dahinrasenden Motorrad befestigt war, darf man vermuten, dass das Gewicht eines zusätzlichen Körpers im Ernstfall zur Verringerung der Geschwindigkeit beitragen würde.

Nur ein Jahr später beschloss ein anderer englischer Pfarrer, diesen Rekord zu brechen. Pastor Paul Sinclair, der den Spitznamen »Faster Pastor« trägt, ist ein Motorrad-Fanatiker, wie er im Buche steht. Er sagt, einen Biker mit dem Auto zur letzten Ruhestätte zu fahren, sei etwa so, wie einen Moslem nach christlichem Ritus oder einen Fußballfan im Trikot des Erzrivalen zu beerdigen. Aus diesem Grund hat er bereits im Jahr 2002 eine eigene Firma für Motorrad-Leichenwagen gegründet. 2012 nahm er dann eines seiner besten Modelle, um einen neuen Rekord aufzustellen. Im Gegensatz zur Rocket hatte diese Konstruktion den eigentlichen Leichenwagen als Beiwagen des Motorrads (und nicht etwa als Anbau hinten) – was die Leute, die mit halsbrecherischer Geschwindigkeit zum Begräbnis donnern müssen, sicherlich in zwei Lager spaltet –, aber der Pastor hatte Erfolg und knackte den Rekord mit 117,6 Meilen pro Stunde (rund 188 km/h). Wir vermuten mal, dass in der einen oder anderen Kathedrale schon weitere Geistliche die Motoren aufjaulen lassen und sich aufs kommende Jahr freuen.

Der Tod ist im Grunde nur ein scharf geschossener Ball ins lange Eck.

August Wilson, Dramatiker

Der bitterste Friedhof

Mag der Arlington National Cemetery für die Amerikaner heute auch geweihter Boden sein, war er zu Beginn im Grunde nichts weiter als ein ausgestreckter Mittelfinger in Richtung der Konföderierten. Denn vor dem Aufstieg zum Nationalfriedhof war Arlington eine Plantage, ein gutes Stück Land direkt auf der – von der US-Hauptstadt aus gesehen – anderen Seite des Potomac-Flusses. George Washingtons adoptierter Enkel vererbte das Land im Jahr 1857 an seine Tochter. Als würde nicht allein das den Ort erwähnenswert machen, heiratete dann diese Tochter, Mary Custis mit Namen, den Südstaatengeneral Robert E. Lee, und nach dem Angriff auf Fort Sumter wandelte sich das Grundstück von einer historischen Fußnote zum Wohnsitz des größten Rebellen im Land – und das ging einer ganzen Reihe wichtiger Leute ganz schön auf den Zeiger.

Mary Lee hatte kurz nach Kriegsbeginn das Gefühl, es sei keine gute Idee, nur wenige Meilen von den Leuten entfernt zu wohnen, die ihrem Gatten an den Kragen wollten, deshalb machte sie sich schnell vom Acker. Die US-Army sah sich das leerstehende Wohngebäude an und fand, dies sei ein guter Platz, um ein paar tausend Soldaten unterzubringen und über den Sturz des Eigentümers nachzudenken. Der Überlieferung nach behandelten die Soldaten das Privateigentum des Rebellenführers mit dem nötigen Respekt und verzichteten darauf, in die Teekannen zu pinkeln.

Im weiteren Verlauf des Krieges trafen immer mehr gefallene und frisch einbalsamierte Soldaten ein, um in der Gegend um Washington begraben zu werden. Als die örtlichen Friedhöfe aus allen Nähten platzten, erhielt der Generalquartiermeister der US-Armee, Montgomery Cunningham Meigs, den Auftrag, neue Plätze für die Bestattung der Toten auszukundschaften. Washington war damals mehr oder weniger offenes Sumpfland, weshalb man vielerorts bequem Friedhöfe hätte anlegen können, aber Meigs wusste, dass im Grunde nur eine einzige Stelle in Frage kam, nämlich der Vorgarten von Lees reizendem Anwesen. Er begann, dort Offiziere zu beerdigen, und achtete sorgfältig darauf, dass manche von ihnen sogar das Gebäude berührten. Sollte also bei der Heimkehr des Generals der Zeitpunkt der Zombie-Apokalypse gekommen sein, hätten es die verstorbenen Offiziere nicht so weit bis zu ihm.

Als der Krieg sich dem Ende zuneigte, besuchte einer von Lees Verwandten die Plantage und befand, dass man hier immer noch wohnen könne, wenn nur die Leichen fortgeschafft würden. (Wobei sich hier die Frage stellt, wie sauber das Haus als solches war, nachdem jahrelang Hunderte von Soldaten die Klos benutzt hatten.) Meigs wollte davon jedoch nichts wissen. Seiner Meinung nach war Lee ein Verräter, und wenn der darauf bestand, heimzukehren, dann nur inmitten von Todesgestank. Fest entschlossen, sowohl Haus als auch Gelände für den verräterischen Besitzer unbewohnbar zu machen, ordnete er an, dass auf der gesamten Plantage Tausende weiterer Leichen begraben würden.

Nach dem Krieg fiel das Land zurück an die Familie, wobei die Regierung auf Lee genauso sauer war wie Meigs und einen pfiffigen Dreh fand, um es zu beschlagnahmen. Da Mary Lee mehrere Jahre lang keine Vermögenssteuer gezahlt hatte (verständlicherweise, immerhin befand sie sich im wahrsten Sinne des Wortes im Krieg mit den Leuten, die sie besteuerten), wurde die Plantage als Pfandverschreibung einbehalten. Die Steuerschuld belief sich auf eine vollkommen lächerliche Summe, und jedem Beobachter war völlig klar, um was es hier ging: um eine vordergründig legale Möglichkeit, sich an Lees Familie zu rächen. Die Sache ging vor Gericht, und im Jahr 1882 entschied der Oberste Gerichtshof der USA, dass das Land illegalerweise konfisziert worden war und die Regierung es der Familie zurückgeben müsse – leichenfrei, versteht sich. Als Lees Sohn Custis allerdings klar wurde, dass die Umbettung von 17 000 gefallenen Soldaten, darunter etliche hochdekorierte Unions-Offiziere, für seine Familie keine sonderlich gute PR wäre, stimmte er dem Verkauf des Grundstücks an den Staat zu.

Besonders glücklich über diese Entwicklung war Meigs. Auch nach Kriegsende hatte er den Friedhof überwacht und weiterhin Soldaten beerdigt, obwohl das Land eigentlich wieder Lees Familie gehörte. Wenn dieser Mann anfing, Leute zu vergraben, war er einfach nicht mehr zu stoppen. Meigs startete auf dem Grundstück auch Bauvorhaben zu Ehren diverser Unions-Generäle und selbstverständlich auch seiner selbst – vermutlich in Würdigung seiner anhaltenden Bemühungen, einem anderen Typen die Bude zu ruinieren. Als die alljährlichen Feierlichkeiten am Memorial Day (30. Mai) immer mehr Publikum auf die ehemalige Plantage lockten, ließ er Bäume fällen und ein Amphitheater errichten, um die Gäste unterbringen zu können. Als dann im Jahr 1883 die US-Regierung offiziell für das Gelände zuständig wurde, ließ Meigs zur Feier des Anlasses einen »Tempel des Ruhms« errichten, und zwar genau dort, wo früher Lees Blumengarten gelegen hatte. Wenigstens waren dort keine Weinreben, denn sonst hätte man wohl eine Art Saure-Trauben-Effekt erlebt.

Der Tod ist der letzte Gegner:
Wenn wir an dem vorbei sind,
ist glaube ich alles in Butter.

Alice Thomas Ellis,
Autorin (starb 2005)

Der kleinste Grabstein der Welt

In einem ruhigen Winkel des Friedhofs von Oak Hill, Missouri, kann man ohne weiteres über den kleinsten Grabstein der Welt stolpern, und zwar im wörtlichen Sinne. Er misst 12,5 x 10 x 7,5 cm und ist so klein, dass er mit einem Metallstück am Boden festgemacht ist, damit er an Ort und Stelle bleibt und gleichzeitig zur Besichtigung gewendet werden kann. Auf einer Seite steht der Name der Verstorbenen, Linnie Crouch, auf der anderen ihr Todesdatum, nämlich der 25. April 1898. Das Grab zieht jede Menge Touristen an und wird in einem Band von *Ripley's Believe It or Not! (Ripley's – Einfach unglaublich!)* erwähnt, dennoch ist das alles, was wir über Linnie Crouch wissen. Irgendein arbeitsscheuer Steinmetz hat volle Kanne versagt, weshalb wir nicht einmal Kenntnis von ihrem Geburtsdatum haben. Und das ist wirklich albern, denn dieser Mensch hatte noch vier wunderbare, wiewohl ziemlich kleine Flächen zur Verfügung, um zusätzliche Informationen anzubringen.

Die Indizien legen allerdings nahe, dass die Größe (bzw. Kleinheit) keine Folge von Geldmangel war, denn die Inschrift ist sorgfältig, wenn nicht gar stilvoll ausgeführt und hat zudem einen Rahmen. Der Friedhof ist auch heute noch in gutem Zustand und wurde zu keiner Zeit für Armenbegräbnisse genutzt. Deswegen präsentiert dieser kleine Stein uns mehr Fragen als Antworten, etwa die, ob Linnie kleinwüchsig war? War sie vielleicht gar die kleinste Frau der Welt?

Ein weiterer Anwärter ist dann ein Mini-Grabstein, über den wir zumindest ein paar Dinge wissen. Im Jahr 1929 berichtete die Tageszeitung *Milwaukee Sentinel* über einen Friedhof im Bundesstaat Indiana, auf dem sich der ihrer Meinung nach kleinste Grabstein der Welt befand; seine Maße waren 10 x 5 x 15 cm. Er trug die Aufschrift »Chase, the Barber« (Chase, der Herrenfriseur) und gehörte zum Grab von Charles M. Chase, der, was jetzt zugegebenermaßen nicht wirklich überraschend kommt, jahrelang der örtliche Friseur gewesen war. Zugleich belegt die Inschrift eine fast schon abnormale Hingabe an seinen Beruf – oder kann man sich vorstellen, dass heute jemand »Jason, der Netz-Administrator« auf seinen Grabstein schreibt? Die Besessenheitstheorie wird auch dadurch gestützt, dass Chase nach Angabe der Zeitung den kleinen Stein zu Lebzeiten dazu benutzt haben soll, die Tür seines Ladens offen zu halten.

Der größte Grabstein der Welt

Man sollte annehmen, irgendein antiker Herrscher hätte sich einen gigantischen Grabstein errichten lassen – und in der Tat haben ja viele dieser Herren Monumente in Auftrag gegeben, auf denen all ihre Errungenschaften verzeichnet sind. Aber diese Bauten waren normalerweise nicht die Grababdeckung als solche. Der größte Grabstein, also nicht irgendeine Statue oder sonst ein Monument, war wahrscheinlich der von Henry Scarlett aus Upton, Georgia. Zu dem Grab gibt es allem Anschein nach keinerlei Aufzeichnungen mehr, aber zwischen 1888 (als er vermutlich beerdigt wurde) und 1890 berichteten mehrere große Zeitungen über den Grabstein, darunter auch die *New York Times*. Wenn man sich vor Augen hält, dass diese Zeitungen zur damaligen Zeit auch Meldungen über Fledermausmänner auf dem Mond oder UFO-Landungen in aller Welt brachten, sollte man die Angaben bezüglich der Größe des Grabsteins vielleicht besser mit Vorsicht genießen. Dennoch: Würde dieses Grab heute noch existieren, könnte man es kaum verfehlen, denn allem Anschein nach wählte Scarlett dafür einen Granitbrocken von rund dreißig mal achtzig Meter aus und ließ noch zu Lebzeiten von einem Steinmetz die nötigen Informationen einmeißeln (außer dem Todesdatum). Anstatt den Brocken zu transportieren, ließ er darunter ein Grab ausheben. Berichten von Einheimischen zufolge war Scarlett immer schon ein wenig schräg drauf gewesen: Er hatte einerseits regelmäßig viel Geld für wohltätige Zwecke gespendet, andererseits völlig zurückgezogen gelebt. Einige Zeitgenossen vermuteten, der Grund dafür sei eine Frau gewesen, die ihm in jungen Jahren das Herz gebrochen hätte. Wenn das stimmt, gewinnt der fette Steinbrocken wahrhaftig noch eine Freud'sche Note, denn am Ende eines im Zölibat verbrachten Lebens müssen sich Scarletts Eier genauso dick angefühlt haben.

Wenn das hier Sterben sein soll, ist es definitiv nicht mein Fall.

Lytton Strachey, Autor und Kritiker (starb 1932)

Das brutalste Begräbnis

Das letzte Hemd hat keine Taschen, sagt man, aber »man« war auch ganz offensichtlich nie uneingeschränkter Herrscher über Millionen von Menschen. Nun ist das Beste am absoluten Herrscherdasein genau das: dass man nicht nur seine materiellen Besitztümer mit ins Grab nehmen, sondern auch noch eine Menge Leute zwingen kann, sich anzuschließen. Diverse Regenten haben ein paar hundert Sklaven ins Jenseits mitgenommen, aber Dschingis Khan brachte diese Praxis bei seinem Tod auf einen ganz neuen Level.

Dschinghis Khan war arm und unter schwierigen Verhältnissen aufgewachsen, hatte es dann aber geschafft, Hunderte von Stämmen zu vereinigen, sengend und mordend durch ganz Asien zu ziehen und ein Weltreich zu schaffen, wie es größer noch nie dagewesen war. Mit 65 fiel er vom Pferd und starb – ein ziemlich schwacher Abgang für eine derart fiese Socke. So überraschend der Tod auch eintrat, hatte Dschinghis Khan doch seine Vorkehrungen getroffen. Nicht nur hatte er das Reich unter seinen Söhnen aufgeteilt, er hatte sich auch schon einen Ort für sein Grab ausgesucht. Blöderweise war er aber wie viele andere Kriegsherren der Geschichte während eines Feldzugs verstorben, also weit weg von der gewählten Begräbnisstätte. Was allerdings kein Problem darstellte, denn, wie Marco Polo berichtete (dieser italienische Entdecker, der über zwanzig Jahre in China gelebt hat), war es bei den Mongolen an der Tagesordnung, verstorbene Anführer an die hundert Tage herumzuschleppen, bis die letzte

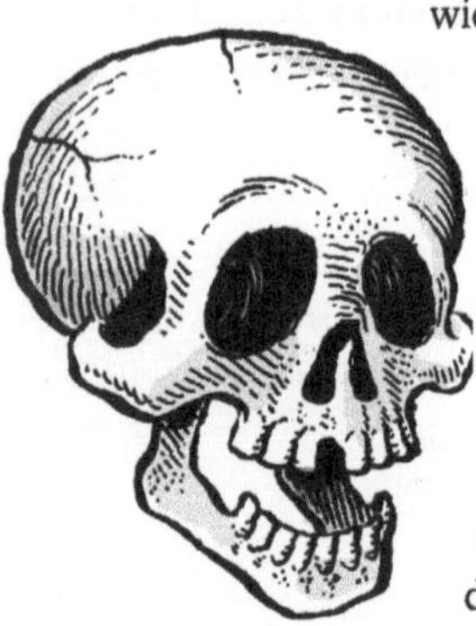

Ruhestätte endlich erreicht war. Da Dschinghis Khan aber angeordnet hatte, die Lage seines Grabes vollkommen geheim zu halten, mussten für die Prozession ein paar drastische Schnitte gemacht werden.

Zunächst wurde vor Beginn des Trecks keiner Menschenseele mitgeteilt, dass der Alte den Löffel abgegeben hatte. Dann sorgten die eskortierenden Soldaten dafür, dass jeder, der den Leichenzug vom Wegesrand aus zufällig beobachtete, einen Kopf kürzer gemacht wurde. Um das einmal ins rechte Licht zu rücken: Die meisten Historiker gehen davon aus, dass Dschinghis Khan in Ägypten gestorben ist, was bedeutet, dass die Prozession 6000 Kilometer zurückzulegen hatte, um die Mongolei und damit den Ort ihrer Bestimmung zu erreichen. Wenn du ungeachtet dessen irgendein ägyptischer Bauer warst, der zufällig mitbekam, wie diese Mongolenkarawane an deiner Farm vorbeizog, war's das für dich. Diese Leute gingen kein Risiko ein.

Am angepeilten Ort eingetroffen, errichteten Sklaven eine passende Grabstätte. Wir haben keinen blassen Schimmer, wie die aussah, wenngleich manche Historiker glauben, ein jüngst entdecktes Fresko sei eine Darstellung von Khans Begräbnis. Das hier gezeigte Grabmal mit Sarg ist kunstvoll verziert, und für seinen Bau wurden sicherlich mehrere hundert Sklaven benötigt. Nicht, dass sie viel Zeit gehabt hätten, sich an dem von ihnen geschaffenen Prachtstück zu ergötzen. Kaum war die ganz offensichtlich äußerst detaillierte und künstlerisch hochwertige Arbeit vollendet, bedankten sich die Soldaten dafür, indem sie die Sklaven ausnahmslos einen Kopf kürzer machten. Dann bestatteten sie den Fürsten, und zwar zusammen mit weiteren 2000 erschlagenen Sklaven, die er im Jenseits eventuell brauchte. Im Anschluss an das Begräbnis töteten die Soldaten jeden, der zugesehen hatte, egal ob Mönch, Regierungsmitglied oder zufälliger Passant. Und um darüber hinaus sicherzugehen, dass kein mongolischer Dr. Doolittle Erkundungen nach dem Verbleib des Grabes anstellen konnte, wurden auch sämtliche Tiere im Umkreis getötet, darunter mindestens vierzig Pferde.

Nun wussten klarerweise auch die 800 Soldaten, die zum Schutz von Dschinghis Khans Privatsphäre dieses Gemetzel angerichtet hatten, wo sich das Grab befand. Nachdem sie also damit fertig waren, alles und jeden niederzustrecken, wurden sie ebenfalls um die Ecke gebracht, wobei nicht wirklich überliefert ist, wer diese abschließenden Tötungen vorgenommen hat. Wenngleich man in diesem Zusammenhang buchstäblich von einem Overkill reden kann, bekam Dschinghis Khan doch, was er wollte. Quasi von heute auf morgen wusste kein Schwein mehr, wo der größte aller Mongolenfürsten begraben wurde, und bis zum heutigen Tag verbringen Archäologen ganze Arbeitsleben damit, nach dem Grab zu suchen. Es mag jetzt ein bisschen übertrieben sein, aber vielleicht sollten diese Leute aufpassen, dass sie nicht irgendwelchen mordbesessenen Geistersoldaten über den Weg laufen. Denn die verfügen vermutlich über Mittel und Wege, den Ort weiterhin geheim zu halten – selbst wenn sie dafür noch ein paar tausend Leute zu Tode erschrecken müssen.

Der größte Sarg

Seit die Menschen immer mehr auseinandergehen, gibt es logischerweise auch immer größere Särge. Aber egal, wie weit unsere Gesellschaft sich in Richtung Fettleibigkeit entwickelt, sieht es doch ganz so aus, als würde keiner von uns jemals Bedarf am größten Sarg aller Zeiten haben – zumindest wollen wir das hoffen!

Dieser gigantische Holzsarg mit mehr als zwanzig Meter Länge und sechs Meter Breite steht in der ukrainischen Stadt Truskawez und ist eigentlich ein Themenrestaurant rund um den Tod. Es trägt den Namen »Ewigkeit« und bietet Gerichte an, die nach örtlichen Bestattungsritualen benannt sind. (Die meisten sind kaum übersetzbar, aber eines heißt »Treffen wir uns im Paradies«. Auf der Speisekarte finden sich vermutlich auch »Doppel-Bypass-Burger«, »Tod-den-Schweden-Happen« und Kürbiskuchen. Wahlweise mit oder ohne Strychnin.)

Das Innere des Restaurants ist mit echten Begräbnisutensilien ausgestattet, darunter echte Särge (in Normalgröße und Original-Plastikverpackung), Kränze und Grabkerzen. Wenngleich diese Gegenstände zweifellos das Ambiente aufbessern, werden sie doch in erster Linie hier gelagert – die Besitzer betreiben nämlich unweit des Restaurants auch ein Begräbnisunternehmen. Vielleicht gehen sie etwas überoptimistisch davon aus, dass der rekordbrechende Sarg ihnen Touristen ins Städtchen lockt. Also in etwa so, als würde ein Fischrestaurant hoffen, der größte Hummer der Welt im Aquarium würde die Besucher in Scharen strömen lassen.

Meine Tapete und ich kämpfen ein Duell auf Leben und Tod. Entweder sie muss gehen oder ich.

Oscar Wilde, Autor (starb 1900)

Der längste Leichenzug

Im Gegensatz zu einem Sarg ist anderes Begräbniszubehör nicht so leicht zu vergrößern. Leichenwagen beispielsweise kann man bis zu einem gewissen Punkt größer bauen, aber irgendwann sind sie einfach nicht mehr zu handhaben. Mehrere Leichenwagen zusammenzubringen und eine lange Parade aus ihnen zu formen, ist allerdings ein erbittert umkämpfter Rekord, und das, obwohl er vom *Guinness-Buch der Rekorde* erst seit kurzer Zeit geführt wird. Im Jahr 2011 versuchten unabhängig voneinander zwei Gruppen – eine in Kalifornien, die andere in Michigan –, die für den Rekord erforderlichen fünfzig Leichenwagen zusammenzutrommeln. Für die Gruppe aus Michigan war es nicht der erste Versuch; im Jahr zuvor hatte sie immerhin 43 zusammengebracht. (Wobei das von den Teilnehmern gewählte Projektmotto »Just Hearse'N Around« (hearse = Leichenwagen) durchaus auch daher rühren kann, dass sie aus einer Gemeinde namens Hell kommen.) Jedenfalls zahlte sich ihre Hartnäckigkeit aus, und beim zweiten Anlauf stellte sie tatsächlich den ersten Rekord auf, mit fünfzig Leichenwagen in Privatbesitz sowie einem echten Begräbnisunternehmer. Die Freude darüber währte indessen nicht lange, denn nur wenige Monate später zog eine Gruppe niederländischer Bestattungsunternehmer mit einer Prozession aus 107 Leichenwagen an ihnen vorbei. Es ist nicht überliefert, was den zufälligen Beobachtern der Szenerie durch den Kopf ging, aber man darf vermuten, dass der eine oder andere sich durchaus fragte, ob da womöglich ein Familientreffen der Mafia nicht ganz so verlaufen war wie geplant.

»Just Hearse'N Around« startete im Jahr 2012 einen neuen Versuch, brachte es aber nur auf 66 Leichenwagen und ein Blumenauto. Erneut nahmen vornehmlich Privateigentümer teil, woraus die Organisatoren folgerten, die mangelnde Unterstützung vonseiten der Profi-Bestatter läge vermutlich daran, dass sie »von den Freizeit-Leichenwagenfahrern nicht sonderlich erbaut« seien. In anderen Worten: Einen Leichenwagen aus beruflichen Gründen zu fahren, ist in Ordnung, aber nur spaßeshalber einen zu besitzen, ist ziemlich daneben. Schließlich verdienst du ja damit auch kein Geld, du Penner.

Der meistbesuchte Friedhof

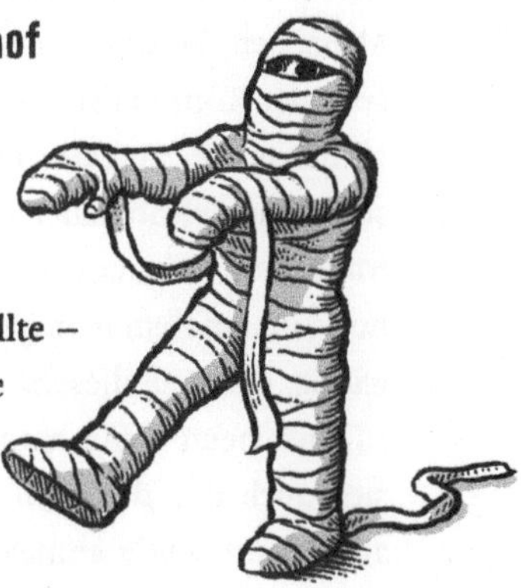

Wenn man in den vergangenen 200 Jahren das Glück hatte, in Paris zu sterben, gab es im Grunde nur einen Ort, an dem man begraben sein wollte – den Friedhof Père Lachaise. Er wurde für Hunderte von bedeutenden Persönlichkeiten zur Heimstätte nach dem Tod und ist nicht nur eine der größten Touristenattraktionen der französischen Hauptstadt, sondern darüber hinaus wohl der meistbesuchte Friedhof der Welt. Zu Hunderttausenden durchwandern die Besucher Jahr für Jahr die ausgedehnte Anlage, während die noblen Friedhofsbewohner vermutlich aus ihren Gräbern auf das Gesindel herabsehen – also bildlich gesprochen –, das da in ihr Reich eindringt.

Es war Napoleon, der den Friedhof im Jahr 1804 mit der Absicht eröffnete, ihn zu einem Ort für alle Menschen zu machen, und zwar unabhängig von Schichtzugehörigkeit und sozialen

Verhältnissen. Wie zum Beweis war die erste Person, die hier beerdigt wurde, ein fünfjähriges Mädchen aus einer armen Familie. Doch Napoleon wollte auch, dass bedeutende Zeitgenossen hier begraben werden wollten, und so sorgte er dafür, dass das Kind berühmte Nachbarn bekam, darunter den längst verstorbenen Komödienautor Molière sowie das legendäre Liebespaar Abaelard und Heloise, welche rasch von ihren ursprünglichen Begräbnisstätten hierhin verlegt wurden, um den Coolness-Faktor anzuheben.

Diese Marketingstrategie funktionierte, und nach 25 Jahren ruhten auf dem schicken, neuen Friedhof bereits rund 33 000 Menschen. Berühmte Bewohner sind der Rockstar Jim Morrison, der Komponist Frédéric Chopin, der Pantomime Marcel Marceau, die Sängerin Édith Piaf, der Maler Camille Pissarro sowie die Schriftsteller Marcel Proust, Oscar Wilde und Gertrude Stein, um nur ein paar zu nennen. Wenn es je einen Friedhof gab, auf dem man gern von Geistern heimgesucht werden würde, dann auf diesem.

Auch heute kann man dort noch begraben werden, wobei sich auch die, die noch jung und gesundheitlich gut beieinander sind, zeitig anmelden sollten. Die Warteliste ist extrem lang, und es gibt nur begrenzt Platz. Wer in Paris keinen festen Wohnsitz hat, muss dafür sorgen, dass er bei seinem Tod zumindest in der Stadt ist, denn sonst kann er sich ein Begräbnis auf dem Père Lachaise abschminken. Es sieht also ganz so aus, als sei es sehr viel einfacher, lebend in einen der exklusiven Pariser Clubs reinzukommen, als tot in den berühmtesten Friedhof der Welt – auch weil Ersteres billiger ist.

Selbst wenn man ein Eckchen für sich ergattern konnte, darf man nicht davon ausgehen, das Grab für immer zu besitzen. Wie bei jedem anderen überfüllten Friedhof werden auch hier ältere Gräber regelmäßig geräumt, um Platz für Neuankömmlinge zu machen. Der Erwerb einer Grabstelle ist eine extrem teure Angelegenheit, weshalb die meisten Leute sich für Laufzeiten von 10–15 Jahren entscheiden. Andere, die sich für bis zu dreißig Jahre einmieten wollen, gehen hoffnungsfroh davon aus, dass ihre Nachkommen für dieses vermeintliche Filetgrundstück weiterblechen. Wenn deine Zeit dann abgelaufen ist, verlegt man deine Knochen in das gewaltige Ossuarium, auf Deutsch Beinhaus. Auf dem Père Lachaise gibt es rund 70 000 Gräber, wobei in den etwas über 200 Jahren seines Bestehens offiziellen Schätzungen zufolge zwischen einer und drei Millionen Menschen hier begraben wurden.

Der teuerste Leichenwagen

Im Jahr 2012 beschloss die Firma Rolls Royce, sich jetzt auch mal auf dem Markt für tote Autofetischisten mit Geld bis zum Abwinken zu tummeln (diese Zielgruppe bewegt sich weltweit im zweistelligen Bereich), und brachte einen unglaublich teuren Leichenwagen auf den Markt, mit dem der Verstorbene sich zu seiner letzten Ruhestätte kutschieren lassen kann. Wenngleich der offizielle Preis für das Sargmobil lange nicht feststand, ließen die Hersteller verlauten, er werde wohl kaum unter 500 000 Euro liegen. Das heißt nun nichts anderes, als dass man sich anstelle eines dieser Todesvehikel glatt zwei der besseren Rolls-Royce-Modelle leisten könnte, solange man noch lebt. Der Superleichenwagen wurde bei der weltweit größten Messe für Bestattungsbedarf vorgestellt, der Tanexpo, und brachte ein bisschen Klasse, Aufregung und nicht zuletzt auch Medieninteresse in diesen sonst eher trübsinnigen Dreitagesevent. (Übrigens: Tanexpo? »Tan« heißt Sonnenbräune. Echt abgefahren also, das ganze Zeugs gerade den Leuten unter die Nase zu reiben, die das Sonnenlicht nie mehr erblicken werden.)

Die Firma, die sich mit dem Rolls Royce selbst übertraf, heißt Biemme Special Cars und ist in der Nähe von Padua ansässig; hier ist man darauf spezialisiert, Serienmodelle so umzubauen, dass hinten eine große Holzkiste hineinpasst. Wurden bislang teure Mercedes-Benz und diverse Sportautos zu Leichenwagen umkonstruiert, wuchs man mit dem Rolls wirklich über sich hinaus. Zunächst handelt es sich bei dem Wagen, der als Basis für die Designerarbeit diente, um einen Phantom. Lass das mal eine Sekunde wirken. Entweder wollten die Italiener da witzig sein, oder es handelt sich um einen klassischen Fall von »Lost in translation«. Des Weiteren beschloss man, die Viertürigkeit des Originals beizubehalten. Jetzt ist es so, dass die beiden Hintertüren verkehrt herum aufgehen (weil hinten angeschlagen) und im Volksmund »Selbstmördertüren« heißen, was die Sammlung von Insiderwitzen, die innerhalb der Bestattungsbranche die Dinge ein wenig erträglicher machen, um einen erweitert. Sollten Sie ein Bestattungsunternehmen betreiben, denken Sie über all das also noch einmal gründlich nach, bevor Sie eine halbe Million für so ein Teil hinblättern.

Nicht, dass man für sein Geld nichts bekommen würde. Der

Wagen an sich ist saftige sieben Meter lang und besteht aus 600 Einzelteilen. Er hat die standardmäßige 6,75-Liter-Maschine mit 460 PS und selbstverständlich Luftfederung. So weiß man zumindest, dass die letzte Fahrt garantiert ruhig verlaufen wird. Wie die meisten Leichenwagen sieht auch dieser hier verdammt gut aus; er hat große Fenster und eine Aluminiumlackierung. Aber man läuft Gefahr, ihn bald wieder loszuwerden, denn die meisten Autodiebe – also solche, die kein Problem damit haben, Leichenwagen zu klauen – würden, wenn sie die Wahl hätten, doch mit Sicherheit eher einen Rolls mitgehen lassen als so einen popeligen Lincoln oder Cadillac. Andererseits ist ein sieben Meter langer Wagen ziemlich auffällig, weshalb man den Dieb wohl ziemlich schnell schnappen würde.

Auch all diejenigen, die etwas Sportlicheres suchen, können unbesorgt sein. Es gibt da nämlich Möglichkeiten. Nachdem der polnische Präsident Lech Kaczyński 2010 bei einem Flugzeugabsturz ums Leben gekommen war, wurde sein Leichnam in einem modifizierten Maserati Quattroporte zum Friedhof transportiert. Angesichts der Tatsache, dass die italienische Firma nur wenige Modelle herstellt, könnte man zur Not aber auch auf ein Cabrio umsteigen.

Ich fürchte mich nicht vor dem Tod. Ich war Millionen und Abermillionen von Jahren tot, bevor ich geboren wurde, und habe dadurch nicht die geringste Unannehmlichkeit erlitten.

Mark Twain, Schriftsteller (starb 1910)

Das stilvollste Tierbegräbnis

George Gordon Byron, sechster Baron Byron, landläufig bekannt als freigeistiger Dichter Lord Byron, war ein wenig merkwürdig, wenn es um Tiere ging. Über die Jahre scharte er eine richtiggehende Menagerie um sich, auch während des Studiums in Cambridge. Als man ihn darauf hinwies, dass im Studentenwohnheim zahme Haustiere nicht erlaubt seien, besorgte er sich einen undressierten Bären. Offenbar war er eher bereit, sich zerfleischen zu lassen, als nachzugeben. Im Verlauf seines Lebens hatte Byron nicht nur weitere Bären, sondern auch viele andere Tiere, darunter Papageien, Katzen, Affen und ein Krokodil. (Der Fairness halber muss gesagt sein, dass er sich auch immens für das zarte Geschlecht interessierte; wie es heißt, hat er innerhalb von zwei Jahren mit über 200 Frauen geschlafen.) Mehr als alles andere liebte er allerdings Hunde.

Byrons absoluter Favorit war der Neufundländerwelpe Boatswain. Er gab ein Porträt des Hundes in Auftrag und nahm ihn überallhin mit. Als Boatswain fünf Jahre alt war, wurde er von einem tollwütigen Hund ins Ohr gebissen und zeigte bald auch Krankheitssymptome. Lord Byron wollte das nicht wahrhaben, und wenn sein geliebtes Schoßhündchen Schaum vor dem Mund hatte, wischte er diesen eigenhändig weg. Als der Hund dann im Jahr 1808 einging, war Byron außer sich vor Schmerz. Wie seine Freunde wussten, ging bei Byron jedwede Neigung früher oder später in Besessenheit über, und bei Boatswains Tod erreichte die Trauer um ein Haustier bislang unbekannte Ausmaße. Heute würden wir sagen, der Typ war einfach eine Drama-Queen.

Zunächst berichtete er seinen Freunden von seinem Kummer und schrieb: »Boatswain ist tot! ... ich habe alles verloren.«

Dann verfasste er ein 26-zeiliges Gedicht über den Köter, in dem auch die folgenden Verse vorkamen:

... Der arme Hund, des Menschen treuester Freund,
Zum Gruß bereit, zu Schutz und Trauer vereint,
Des biedres Herz nur schlägt für seinen Herrn,
Für den er kämpft und lebt und atmet gern,
Fällt ungeehrt, vom Menschen nicht beklagt,
Der Himmel wird der Seele selbst versagt ...

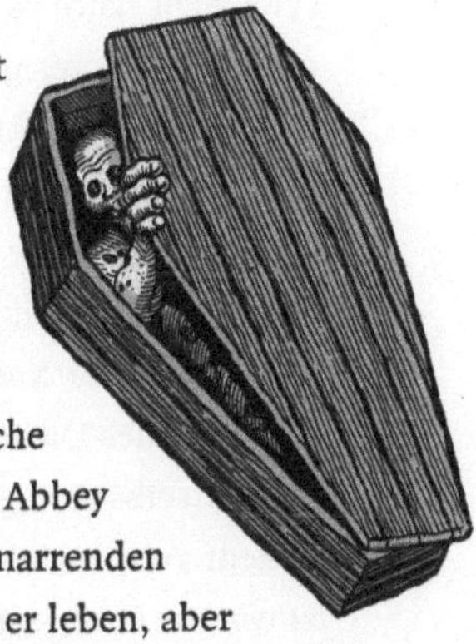

Dezent ist etwas anderes. Gegen den Protest der Freunde – und ohnehin schon bis über beide Ohren verschuldet – leistete Byron sich ein marmornes Grabmal, mit Urne obenauf sowie dem eingravierten Gedicht an der Seite, das Boatswains letzte Ruhestätte wurde. Es sollte dies die einzige bauliche Veränderung bleiben, die er in Newstead Abbey vornahm, seinem geerbten Anwesen. Mit knarrenden Parkettböden und zugigen Räumen konnte er leben, aber bei einem Hundegrab hörte der Spaß so was von auf.

Drei Jahre später, wenn normale Menschen längst einen neuen Hund gekauft haben und gedanklich ganz woanders sind, war Byrons Liebe zu seinem Hund immer noch nicht verblasst. Das Grab, in dem Boatswains sterbliche Überreste lagen, war groß – aus einem ganz bestimmten Grund. Als Byron sein Testament aufsetzte, verfügte er – gegen den Rat seiner Anwälte –, dass er ebenfalls hier beerdigt werden wollte. Als Geste der Dankbarkeit gegenüber seinem Diener Joe Murray bot er diesem an, sich der Sache ehrenhalber anzuschließen. Murray konnte sich durchaus vorstellen, bis in alle Ewigkeit neben seinem Arbeitgeber zu liegen, aber das Grab mit einem Hund zu teilen, fand er weniger gut.

Leider hatte Byron dann keine Gelegenheit mehr, sich mit Boatswain zu vereinen. Ein paar Jahre später musste er sein Anwesen verkaufen, und als er 1824 starb, waren die neuen Besitzer nicht scharf darauf, ihn hier zu begraben. Auch Poets' Corner, die Dichterecke in der Westminster Abbey, wollte ihn nicht haben, schließlich galt er als »mad, bad and dangerous to know« – als verrückt, schlecht und gefährliche Bekanntschaft. (Vielleicht hatte es auch mit dem Gerücht zu tun, er habe mit seiner Schwester geschlafen.) Stattdessen wurde er in die Familiengruft gepackt. Zu Beginn des 20. Jahrhunderts kam dann die Frage auf, warum einer der bedeutendsten Dichter der englischen Geschichte nicht einmal eine Gedenktafel in der Westminster Abbey habe, und das Skurrilitäten-Kompendium *Ripley's Believe It or Not!* wies im Jahr 1950 darauf hin, dass zwar der Hund des Dichters im Besitz eines tollen Grabmals sei, der Dichter selbst hingegen nicht. Erst 1969, ganze 145 Jahre nach seinem Tod, erhielt Byron eine Gedenktafel, die so prachtvoll ist wie das Grab seines geliebten Hundes, was wohl ein für allemal beweist, dass es keine gute Idee ist, mit seiner Schwester zu schlafen.

Das würdeloseste Begräbnis

Wilhelm der Eroberer hat es irgendwie gut hingekriegt. Obschon als uneheliches Kind in einer Zeit geboren, als das noch ein echter Nachteil war, arbeitete er sich in der Gesellschaft nach oben, um dann das väterliche Herzogtum in Frankreich zu erben, nach England überzusetzen und dort König zu werden. Im Gegensatz zu heutigen Königsbegräbnissen, die aufs Sorgfältigste durchgeführt werden und der Würde des Verstorbenen angemessen sind, war Wilhelms Beisetzung indessen eine ganz und gar erbärmliche Angelegenheit.

Wobei er auch nicht besonders würdevoll gestorben ist. Mit 59 Jahren war er definitiv ein bisschen zu alt, um wie ein jugendlicher Held auf den Schlachtfeldern herumzugaloppieren. Dennoch schwang er sich im Jahr des Herrn 1087 noch einmal in den Sattel, um irgendeinen Aufstand niederzuschlagen. Was er sofort bereute – allerdings nur kurz. Sein Pferd scheute und Wilhelm, der mittlerweile ordentlich Pfunde zugelegt hatte, wurde auf seinen Sattelknopf geworfen. Nach Meinung der Historiker zog er sich dabei innere Quetschungen zu, an denen er wenig später verschied.

Wilhelm starb in der Normandie, also wurde beschlossen, dass er dort auch beerdigt werden sollte. Da aber seine Söhne und die meisten seiner Lords die Beine unter den Arm nahmen, um nach seinem Tod ihre Pfründe zu sichern, herrschte akuter Mangel an hochrangigen Leuten, die Entscheidungen bezüglich des Begräbnisses treffen konnten. Irgendwann schlug jemand vor, man solle ihn doch nach Caen bringen und in der dortigen Abbaye aux Hommes beisetzen, die Wilhelm vor Jahren als Wiedergutmachung dafür hatte errichten lassen, dass er dem Papst ans Bein gepinkelt hatte.

Die Beisetzung begann dann ganz anständig. Sicher, die Familie hatte es nicht geschafft, aber darüber regte sich niemand sonderlich auf. Irgendwann kam der Bischof im Gottesdienst zu der Stelle, wo er darum bat, dass jeder, dem von Wilhelm zu Lebzeiten Unrecht zugefügt worden war, ihm jetzt mit der Güte seines Herzens vergeben solle. Einer der Gäste stand auf und verkündete, Wilhelm hätte das Land, auf dem die Kirche stehe, von seinem Vater gestohlen, und er verlange eine Bezahlung, bevor der König hier beerdigt werden könne. Woraufhin der Gottesdienst unterbrochen wurde und die Würdenträger genügend Geld zusammenkratzten, um diesen Dahergelaufenen zum Schweigen zu bringen.

Schließlich war es so weit, dass Wilhelm beerdigt werden sollte. Blöderweise beherrschte Europa damals noch nicht die Praxis, Leichen einzubalsamieren, und da seit Wilhelms Tod viel Zeit vergangen war, hatte der ohnehin schon umfangreiche Leib begonnen, sich aufzublähen. Als der Sargdeckel sich nicht schließen wollte, versuchten die Männer es mit Gewalt, was dazu führte, dass der königliche Leichnam buchstäblich explodierte. Ein unerträglicher Gestank machte sich breit, weshalb die Besucher zu den Ausgängen rannten. Der Bischof ratterte den Rest des Gottesdienstes in einer Kurzversion herunter, um dann auch so schnell wie möglich das Weite zu suchen.

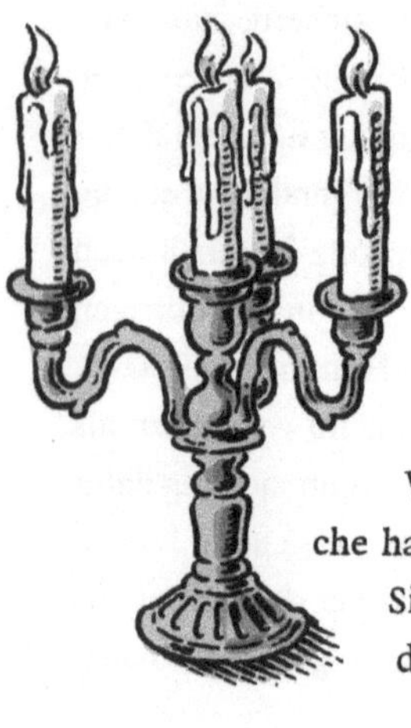

Irgendwann betteten sie den armen Wilhelm dann zur letzten Ruhe. Seine Leiche hatte indessen noch nicht genug gelitten. Sie wurde im Lauf der folgenden Jahrhunderte mindestens einmal ausgegraben und untersucht, bevor man sie wieder beisetzte. Im 16. Jahrhundert buddelten protestantische Fanatiker sie wieder aus und verstreuten die Überreste, wobei dabei irgendjemand den königlichen Oberschenkelknochen in Sicherheit bringen konnte. Wenn man also nach Frankreich fährt und die gewaltige Steinplatte auf Wilhelms Grab bewundert, muss man sich klarmachen, dass das das Einzige ist, was drinliegt.

Ich hasse Begräbnisse und würde meinem eigenen nach Möglichkeit gern fernbleiben.

Robert T. Morris,
Informatiker

Kapitel 4

Die Zukunft des Bestattungswesens

Wie Sie die Überreste Ihrer Großmutter buchstäblich auf den Mond schießen können ▶

NASA

Gegenwärtig hält die Technik fast ebenso rasant Einzug in den Tod wie zuvor schon in unser Leben, und bald wird es so sein, dass wir nicht nur Smartphone und Tablet-Computer alle drei Monate updaten müssen, um irgendwie relevant zu sein. Sie wollen Ihre Gerätschaften mit ins Grab nehmen? Kein Problem. Sie denken, es wäre doch cool, den Leuten den Zugang zu Ihrer Facebook-Seite über einen elektronischen Grabstein zu ermöglichen? Bitte sehr. Und wenn Sie eine umweltbewusste Person sind und traditionelle Beerdigungsgepflogenheiten gegen etwas Naturgemäßeres eintauschen wollen, bilden Sie sich vielleicht ein, die grünstmögliche aller Begräbnisvarianten ausgesucht zu haben – wobei Sie seelenruhig davon ausgehen können, dass binnen kurzem jemand eine noch bessere Möglichkeit entwickeln wird, den Tod eines Menschen nicht zur Belastung für die Erde werden zu lassen. Ganz egal, wie grün oder fortschrittlich Sie sich bei der Planung Ihrer Beerdigung auch vorkommen mögen, innerhalb weniger Jahre werden Sie im Tod genauso überholt sein wie schon zu Lebzeiten.

Wenn virtueller und tatsächlicher Tod zusammenfallen

Im Zuge der immer umfassenderen Computerspiele stehen die Teilnehmer vermehrt mit Menschen in Verbindung, die sich auf der anderen Seite des Planeten aufhalten. Das ist insbesondere bei MMORPGs (Massively Multiplayer Online Role-Playing Games) wie *World of Warcraft* *(WoW)* der Fall, bei denen das Spielerlebnis genau dadurch gesteigert wird, dass man online Leute trifft. Zwar begegnen sich die Teilnehmer außerhalb ihrer Phantasiewelt so gut wie nie, trotzdem verbringen sie viele Stunden pro Woche damit, sich gemeinsam irgendwelchen Herausforderungen zu stellen. Weil sie da so viel Zeit reinstecken, finden die Besucher dieser virtuellen Welten es durchaus angemessen, dass beim Tod eines Teammitglieds ein Begräbnis stattfindet. Und da es ziemlich aufwendig ist, quer durchs Land oder gar auf die andere Seite der Erde zu reisen, um dem echten Begräbnis beizuwohnen, leuchtet ein, dass man die Trauerfeier für den toten Online-Freund genauso gut oder sogar noch besser innerhalb des Spiels abhalten kann, wo man sich ja schließlich auch kennengelernt hat.

Nichts anderes dachte sich eine *WoW*-Gilde (so heißen Gruppen von Spielern, die sich online zusammentun, um Aufgaben zu lösen), als im Jahr 2006 eine Teamgefährtin vollkommen überraschend an einem Herzinfarkt starb. Die verbliebenen Mitglieder organisierten innerhalb des Spiels eine Bestattungszeremonie zu Ehren ihrer Freundin (oder von deren Avatar, denn der war es ja, der im Spiel eigentlich »gestorben« war). Obgleich das Ereignis im Rahmen des Computerspiels stattfand, nahmen die Teilnehmer es genauso ernst wie ein echtes Begräbnis, dabei fest darauf vertrauend, dass auch andere den Anlass respektieren würden.

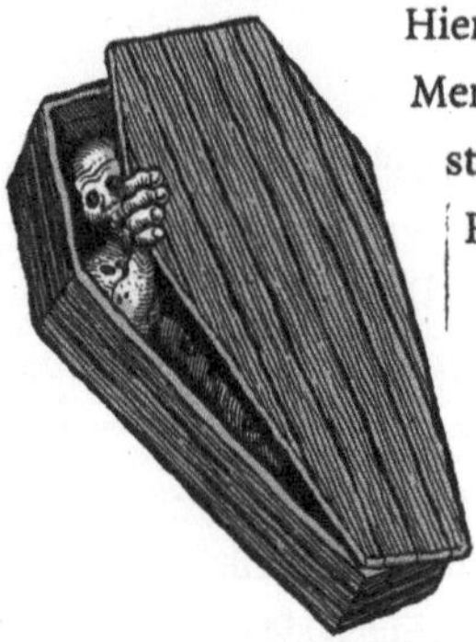

Hier muss man sich allerdings fragen, ob diese Menschen das Wesen des Internets wirklich verstanden haben. Sie machten den Fehler, für das Begräbnis ein Setting zu wählen, in dem sie von virtuellen Gegnern leicht überfallen und getötet werden konnten. Es wäre auch anders gegangen, also liegt hier ein gravierender Fall von Nachlässigkeit vor. Denn jedes Kind weiß doch, dass die Menschen im Internet mit dem Tod nicht unbedingt respektvoll umgehen – also etwa in der Art der Mafia. Als dann bekannt wurde, dass das Begräbnis stattfinden sollte, beschloss eine rivalisierende Gilde namens »Serenity Now«, das Begräbnis zu sprengen und alle umzunieten – auch in der Art der Mafia. Einer der Mitspieler machte einen Mitschnitt des Überfalls, und das siebenminütige Video ist bis heute online.

Auch wenn »Serenity Now« gegen keine Regel verstieß – denn eigentlich besteht das Spiel ja genau darin, andere Spieler zu bekämpfen –, schwollen die *WoW*-Foren mit Kommentaren an, in denen die Leute darüber diskutierten, ob ein solches Verhalten nun sozial akzeptabel sei oder nicht. Viele waren der Meinung, die Gilde der Begräbnisausrichter hätte wissen müssen, was kommt. Aber ganz unabhängig davon, was die Leute meinten, hatten alle ihre Lektion gelernt. In Online-Spielen kam es danach immer wieder zu E-Begräbnissen, ohne dass auch nur eines davon überfallen wurde. Mit genügend Wachen ringsherum könnten virtuelle Beerdigungen demgemäß das Ding der Zukunft sein: Jeder Verwandte könnte seinen eigenen Avatar haben, der am digitalen Sarg weint. Das war's dann allerdings auch mit den Kanapees beim Leichenschmaus.

Särge und Computer

Für Menschen, die sowohl Technik lieben als auch Dinge zum Thema Tod, bilden Särge und Computer ganz klar eine Schnittmenge. Deshalb dürfte kaum überraschen, dass Computerfreaks diese Verbindung nicht nur nach dem Tod, sondern auch davor herstellen.

Denn man braucht gar nicht richtig tot zu sein (selbst wenn man gesellschaftlich längst nicht mehr existiert), um die Vorzüge eines Computersargs genießen zu können. Ein Typ ging tatsächlich so weit, sich seine Talente zunutze zu machen und einen Standardsarg zum Gehäuse für seinen PC umzurüsten. Mit geschlossenem Deckel unterscheidet sich diese weiße Kiste kein bisschen von einem normalen Sarg, mal abgesehen von den Kabeln an der Seite. Aber wenn man das Kopfende aufklappt, sieht man, dass an den Deckel ein Bildschirm montiert ist. In der unteren Hälfte des Sargs befindet sich dann der Computer als solcher, und wenn man ihn anmacht, erstrahlt ein ausgeschnittenes Kreuz auf dem Deckel in leuchtendem Orange. Wobei man sagen muss, dass dies nicht das praktischste aller Gehäuse ist, schließlich braucht man dafür einen rund zwei Meter langen Schreibtisch mit einer gewissen Belastbarkeit. Und sollte der Erbauer dieses Monstrums es jemals schaffen, eine Dame in seine Bude zu locken, wäre der lange Sarg ein sicherer Abtörner für sie (es sei denn, er heißt Robert Pattinson und das Ding glitzert). Wer's eine Nummer kleiner will und nicht unbedingt einen lebensgroßen Sarg braucht, kann seine makabre Neigung auch mit Lautsprechern in Sargform ausleben. Nicht dass man die im Mediamarkt kaufen könnte, nein: Anonyme Internetnutzer haben sich ihre Boxen so gestaltet. Sieht also ganz so aus, als sei der Tod im Hinblick auf technische Geräte ein interessantes Thema.

Aber was ist, wenn man stirbt? Muss man dann für immer auf Computer verzichten? Natürlich nicht. Wenn wir eines wissen, dann das: In Sachen Leben nach dem Tod gibt es so etwas wie »schlechten Geschmack« nicht. Als ein gewisser William Alan Watson 2009 im Alter von 75 Jahren starb, war sein Bruder der Ansicht, dieser Computer-Nerd hätte es verdient, die Ewigkeit in einem seiner geliebten Geräte zu verbringen. Hilfreich war dabei, dass Watson zuvor eingeäschert worden war. Der Bruder entbeinte ein Gerät der Marke *SPARCstation* und sorgte dafür, dass alle Öffnungen dicht waren. Bei Watsons Begräbnis schrieben die Trauergäste ihren Abschiedsgruß auf Post-its und schoben diese in den Schlitz des Diskettenlaufwerks. Auf dem Gerät wurde eine Inschrift mit dem Namen des Verstorbenen und seinen Lebensdaten angebracht, ergänzt um das Zitat: »Beam me up, Scotty. I'm done here.« Ganz offensichtlich hatte Watson kurz vor seinem Tod diesen Satz aus *Raumschiff Enterprise* verwendet und dabei vielleicht gehofft, er würde in einer der Episoden aufwachen – was dieser ganzen Computergeschichte einen gewissen Sinn verleihen würde.

Ich hole mir die Zeitung, schau mir die Todesanzeigen an, und wenn ich nicht drinstehe, mache ich weiter wie gewohnt.

Patrick Moore, Astronom

Diamonds are forever – Diamanten sind für die Ewigkeit

Einer alten Weisheit zufolge ist der beste Freund eines Mädchens ein Diamant, wobei dieser Spruch mittlerweile nicht nur im übertragenen Sinn zutrifft, sondern auch wörtlich. Genau betrachtet besteht der menschliche Körper nämlich zum Großteil aus Kohlenstoff – so wie diese teuren Steine –, weshalb durchaus nachvollziehbar ist, dass irgendwer auf die Idee kam, die eingeäscherten Überreste eines Menschen in Diamanten umzuwandeln. Gruselig? Ziemlich. Faszinierend? Und wie!

Im Jahr 2002 ließ die in Chicago ansässige Firma LifeGem verlauten, sie hätte das perfekte Verfahren entwickelt, um die Asche einer geliebten Person in einen hochwertigen Edelstein zu verwandeln. Es handelt sich dabei nicht um »echte« Diamanten, denn solche werden ja unterirdisch geformt, wenn Hitze und Druck über Jahrtausende einwirken. Dennoch sind synthetische Diamanten – solche, die nicht aus verstorbenen Menschen bestehen –, heutzutage in Juweliergeschäften ebenso gängig wie ihre natürlich entstandenen Gegenstücke aus den Minen der Welt. Diamanten aus Toten zu machen, ist also nicht ganz so weit hergeholt.

Dazu kommt, dass die Toten nicht einmal frisch verstorben sein müssen, damit man sich ein paar schicke Ohrringe machen oder ein Steinchen ins Zifferblatt der Armbanduhr einsetzen lassen kann. Im Jahr 2007 nahmen die LifeGem-Leute eine Haarsträhne von Ludwig van Beethoven persönlich, extrahierten ein wenig Kohlenstoff und ließen ihn zu einem blauen Diamanten von einem halben Karat heranwachsen. Dann setzten sie ihn auf eBay und verlangten eine Million Dollar dafür, was für einen derart kleinen Diamanten eine unverschämte Summe ist, egal aus was er besteht – oder aus wem. Immerhin sollte der Betrag wohltätigen Zwecken zugutekommen. Na ja, letzten Endes erbarmte sich jemand und kaufte das Ding für 200 000.

Ein Grund, warum potentielle Käufer gezögert haben mögen – und warum jeder, der seine Oma in ein Paar diamantene Manschettenknöpfe verwandeln möchte, ebenfalls aufpassen sollte –, ist, dass man nicht wirklich sagen kann, ob ein Diamant jetzt von einer bestimmten Person herrührt oder nicht. Wenngleich bei LifeGem und dem halben Dutzend Nachahmerfirmen noch keine einzige Beschwerde über die Qualität ihrer Produkte eingegangen ist, verhält es sich doch so, dass Leute Unsummen von Geld für etwas ausgeben, das sich von einem synthetischen Stein aus dem Juwelierladen um die Ecke in nichts unterscheidet. Wer dieses Risiko allerdings eingehen will, muss nur 4000 Dollar hinblättern und kann fortan ein kleines Stück der geliebten Person mit sich herumtragen. Für Kunden, die wirklich mit Ernst bei der Sache sind, bietet LifeGem sogar an, Diamanten aus verstorbenen Haustieren herzustellen. Und allem Anschein nach sind die Menschen an derlei interessiert, denn die Firma verzeichnet Jahr für Jahr Umsatzsteigerungen und war Thema in allen Medien, von den Zeitungen bis hin zur *Today Show*. Diamanten sind einfach für die Ewigkeit – und das kann deine verzogene Töle auch sein.

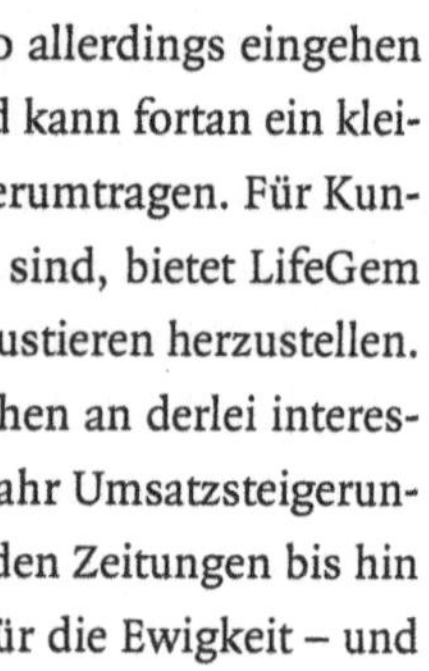

Umweltgerechter Verfall

Wollten die Menschen noch vor wenigen Jahrzehnten der Welt ihren Stempel aufdrücken und etwas Bleibendes schaffen, sieht das heute ganz anders aus. Zunehmend achtet man nicht allein darauf, dass die eigene Existenz auf der Erde keine wie auch immer gearteten »Spuren« hinterlässt, man knipst auch beim Hinausgehen – bildlich gesprochen – geradewegs das Licht hinter sich aus. Wie versorgt man also die Öko-Bewussten? Na, mit dem Öko-Sarg.

Aus naheliegenden Gründen sind Begräbnisse nicht die umweltfreundlichste Variante, den Planeten zu verlassen, was insbesondere dann zutrifft, wenn die Leiche voll mit Balsamierflüssigkeit ist und ein Sarg mit Bleieinlage verwendet wird. »Grüne« Särge ermöglichen es den Menschen allerdings, sich traditionell begraben zu lassen und der Umwelt trotzdem keinen Schaden zuzufügen. In Europa und Nordamerika wollen mittlerweile Tausende Menschen ein »grünes« Begräbnis, darunter die Schauspielerin Lynn Redgrave und die Body-Shop-Gründerin Anita Roddick, und täglich werden es mehr.

Peter Lindquist, Schreinermeister im US-Bundesstaat Maine, entwickelte den Öko-Sarg eher per Zufall im Highschool-Werkunterricht. Als er sich überlegte, was er denn Schönes für seine Großmutter basteln könne (die seiner Meinung nach alles andere wohl schon hatte), entschied er sich für ein Geschenk, das jede gesunde 65-Jährige zu Tränen rühren dürfte: einen Sarg. Jawohl, er schenkte seiner Oma einen Sarg zum Geburtstag. Das Projekt beschäftigte ihn ein ganzes Jahr, und die gute Frau akzeptierte die Gabe nicht nur wohlwollend und mit großelterlicher Güte, sondern bewies auch 27 Jahre danach, dass sie nicht geheuchelt hatte, als sie mit 92 starb und sich in dem Ding begraben ließ. Heute stellt Lindquist einfache Särge aus Kiefernholz für die Leute her, die nach dem Tod unbehandelte Materialien um sich haben wollen.

In England hat man die Idee des Öko-Sargs noch weiter getrieben. Denn tatsächlich muss man, um welches Holz auch immer verwenden zu können, zunächst auf jeden Fall Bäume fällen. Und was ist nun umwelttechnisch zu hundert Prozent in Ordnung? Na? Wolle. Erstens stirbt kein einziges Schaf, zweitens könnte eine wachsende Popularität von Wollsärgen der angeschlagenen Wollindustrie Großbritanniens auf die Sprünge helfen. Die Särge werden aus der Wolle von bis zu drei Schafen hergestellt und sind biologisch komplett abbaubar. Die meisten Firmen färben die Wolle nicht einmal, was die Särge noch grüner macht. Sie können zudem in jeder beliebigen Größe hergestellt werden, halten Belastungen bis zu 450 Kilo aus und kosten einen Bruchteil dessen, was man für einen maßgefertigten Sarg in Übergröße anlegen müsste. Wenn man bedenkt, dass die Briten die Eroberung der Welt im Jahr 1699 damit begonnen haben, ihre Kolonien, darunter auch die in Amerika, zu zwingen, Wolle aus der alten Heimat zu kaufen, könnten wir vielleicht sogar Zeugen einer morbiden Wiederkehr des britischen Empire werden – und zwar durch Särge.

Parallel dazu sind viele Firmen auf der Suche nach ökologisch verträglichen, aber weniger arbeitsaufwendigen Materialien. Pappsärge etwa erfreuen sich zunehmender Beliebtheit, wobei sie einen etwas unglücklichen Nachteil haben und manchmal instabil werden, bevor der Verstorbene wirklich unter der Erde ist – und das gern auch mal während der Bestattung. Andere Firmen produzieren Särge aus recycelten Zeitungen, was eine stabilere Bauweise ermöglicht und den Öko-Effekt durch die Verwendung von bis zu 120 Zeitungen erreicht. Was der Umwelt-Maxime »Reduce, Reuse, Recycle« eine ganz neue Bedeutung gibt, nicht wahr?

Jeder muss sterben, aber irgendwie dachte ich immer, in meinem Fall würde man eine Ausnahme machen.

William Saroyan,
Autor (starb 1981)

Kontrolliert biologisches Jenseits

In einem Öko-Sarg beerdigt zu werden, ist manchen Leuten noch immer nicht umweltfreundlich genug. Denn egal, worin man begraben wird, setzen verrottende Körper Unmengen von Kohlendioxid frei, welches der Ozonschicht ja ohnehin schon zu schaffen macht. Aber selbst wenn eine Leiche mehr oder weniger da nicht sonderlich ins Gewicht fallen dürfte, gibt es Leute, die aus Rücksicht auf die Umwelt ziemlich viel Geld für ziemlich futuristisch anmutende Bestattungsarten hinblättern.

Promession Die erste nennt sich Promession. Im Jahr 2005 von der schwedischen Biologin Susanne Wiigh-Mäsak entwickelt, besteht dieses Verfahren darin, die Leiche buchstäblich in Stücke zu rütteln. Das ist allerdings nicht alles, denn so würden einem ja die Innereien um die Ohren fliegen. Zunächst wird die nackte Leiche in ein Bad mit flüssigem Stickstoff gelegt, das dann auf rund 200 Grad minus heruntergekühlt wird. Nach etwa zwei Stunden ist der Körper so fest gefroren, dass man ihn leicht zerbrechen kann – also in weniger als einer Minute. Ein Vibrationsverfahren sorgt nun dafür, dass von der Leiche nichts übrig bleibt als feines Pulver – und natürlich die Zahnfüllungen. Diese Füllungen sind der Fluch des Kremationswesens, denn erstens lassen sie sich nicht vollständig verbrennen, zweitens geben sie auch noch Quecksilber an die Atmosphäre ab. Auch bei der Promession machen sie Probleme, denn sie müssen aus der pulverisierten Leiche mit Magneten entfernt werden.

Sobald die Leiche nur mehr ein Häufchen Pulver ist, kommt sie in eine Schachtel aus einem superbiologischen Material wie Kartoffel- oder Maisstärke. Diese setzt man dann in ein flaches Grab, auf welchem ein Baum gepflanzt wird. Die Verwendung von Pflanzen ist fester Bestandteil biologischer Begräbnisse, denn sie repräsentieren ja diese ganze Lebenskreislauf-Nummer, wie unter anderem im *König der Löwen* angedeutet (»Circle of Life«). Die Promession ist in Schweden so populär geworden, dass der Erfinder vom König persönlich ausgezeichnet wurde, und auch in anderen Ländern zeigt man sich zunehmend interessiert. Und auch wenn Wiigh-Mäsak damit fast wie ein Schurke aus einem der Bond-Filme wirkt, behauptet sie steif und fest, das Verfahren sei »recht angenehm«. Wir gehen mal davon aus, sie meint für die Leiche ...

Alkalische Hydrolyse Wer es noch grüner will und mit einem gesteigerten Ekelfaktor kein Problem hat, kann auch auf die sogenannte alkalische Hydrolyse zurückgreifen. Die sieht auf den ersten Blick ziemlich ähnlich wie die Promession aus, denn die Leiche wird in einen seidenen Beutel gepackt und in eine Flüssigkeit eingelegt. Nur dass es sich hierbei um Kalilauge handelt und die Leiche nicht tiefgefroren, sondern erhitzt wird, und zwar auf rund 160 Grad Celsius. Nach dreistündiger Behandlung sind die Knochen zwar noch intakt, aber sie werden üblicherweise zerbröselt und in Pulverform an die Familie zurückgegeben. Mit dem Rest der Leiche wollen die Verwandten eher nichts zu tun haben, denn übrig ist nur mehr eine Art brauner Glibber. Aber hey, was tut man nicht alles für die Umwelt!

Mit einem Knall abtreten

Am 20. August 2005 versammelten sich zahlreiche Berühmtheiten, um das Begräbnis von Hunter S. Thompson zu begehen. Der 67-Jährige hatte sich ein halbes Jahr vorher erschossen und detaillierte Pläne für seine Bestattung hinterlassen. Er wollte verbrannt werden und seine Asche in eine Kanone gefüllt wissen, die auf einer riesigen, speziell angefertigten Säule stehen sollte. Wohlhabende Freunde, allen voran der Schauspieler Johnny Depp, sorgten dafür, dass dieser seltsame Abschied ganz wie von Thompson gewünscht vonstatten ging. Während seine Asche in die Luft geballert wurden, ließ man hinter der Kanone Feuerwerke abbrennen. Der gute alte Gonzo war sicher der Einzige in der Geschichte der Menschheit, der auf diese spezielle Art und Weise seinen Abgang machte, doch grundsätzlich schließen sich Begräbnisse und Feuerwerke keineswegs aus. Im Gegensatz zu Thompson befinden sich Leute, die sich mit einer Art Mini-Silvesterfeier verabschieden, in der Regel allerdings nicht außerhalb der gezündeten Raketen, sondern innerhalb.

Zahllose Feuerwerkshersteller bieten von sich aus an, die Überreste Verstorbener in kleine Raketen zu verpacken und in überwältigenden Arrangements explodieren zu lassen. Und noch mehr Firmen zeigen sich kooperationsbereit, wenn Derartiges von Kunden gewünscht wird. Aber mit dem britischen Unternehmen Heavens Above Fireworks gibt es jemanden, der sich auf Gedächtnis-Feuerwerke spezialisiert hat, und zwar auf solche, bei denen der Verstorbene zumindest teilweise enthalten ist. Wer kein komplettes Arrangement haben will, kann auch »eigenhändig zündende« Pyrotechnik erstehen, die daheim stückweise abgeschossen werden kann und dem Verstorbenen so ermöglicht, auf Jahrzehnte hinaus bei buchstäblich jeder Guy-Fawkes-Nacht dabei zu sein. Und um Nachfragen gleich vorzubeugen: Die Firma hat auch Feuerwerkskörper aus verstorbenen Haustieren im Programm.

Selbst ohne kürzlich verstorbenes Familienmitglied ist eine Feier des 4. Juli aber vielleicht keineswegs so leichenfrei wie von den Teilnehmern vermutet. Ein derartiges Feuerwerk, das in Florida mehr als 200 Zuschauer erfreute, beinhaltete die verbrannten Überreste eines gewissen Tom Moore, dessen Witwe das nicht nur für einen würdigen Abschied hielt, sondern auch fest davon überzeugt war, ihr Mann hätte die Idee, »mit einem Knall abzutreten«, garantiert gutgeheißen. 2008 ehrte eine Stadt im US-Bundesstaat Indiana einen gewissen Meredith Smith, der vierzig Jahre zuvor die örtliche Feuerwerkstradition ins Leben gerufen hatte, indem sie ihn Teil des Feuerwerks werden ließ. Smith hatte die Gelder für das erste städtische Feuerwerk zum 4. Juli aufgetrieben und es auch in den vier darauffolgenden Jahrzehnten organisiert. Als er mit 57 das Zeitliche segnete, äußerte seine Frau die Bitte, einen Teil seiner Asche in die diesjährigen Feierlichkeiten einzubinden – für sie die einzig angemessene Würdigung seiner Verdienste. Die Kinder, anfangs noch eher skeptisch, stimmten der Sache schließlich zu, und die Familie setzte sich zusammen, um die Präparierung der Raketen eigenhändig vorzunehmen. Darüber hinaus ließen sie dem Anlass entsprechende T-Shirts herstellen. Wetten, dass die auch danach noch öfters zum Einsatz kamen?

Die eiskalte Hand des Todes

Kryonik oder Kryokonservierung, manchmal auch fälschlicherweise Kryogenik genannt, ist ein Verfahren, bei dem frisch verstorbene Personen einem »Tiefkühl«-Prozess unterzogen werden, und zwar in der Hoffnung, dass sie irgendwann in der Zukunft wieder zum Leben erweckt werden können. Nach Ansicht der Wissenschaftler ist die Erfüllung dieses Wunsches ungefähr so realistisch, wie wenn man sich ein Einhorn wünscht, wobei man natürlich auch sehen muss, dass die minimale Chance, eines Tages ein iPhone 27 zu besitzen (mit Hoverboardtechnik und sonstigem Schnickschnack), einigen Leuten genügt, um Zehntausende von Dollars in diese Technologie zu investieren.

Die Vorstellung, für Jahrzehnte in einen scheintoten Zustand versetzt zu werden, um einen Blick in die Zukunft werfen zu können, ist nicht nur einer der abgelutschtesten Science-Fiction-Gemeinplätze, sondern damit korrespondierend natürlich auch ein uralter Menschheitstraum. Selbst Benjamin Franklin äußerte den Wunsch nach einer solchen Technologie, um sehen zu können, wie es in hundert Jahren um die Vereinigten Staaten bestellt sei. Was im Falle Franklins wohl nichts anderes heißt, als dass er Frauen flachgelegt hätte, deren Klamotten moderner designt waren als die von ihm gewohnten.

Erst in den 1960ern war es dann so weit, dass die bloße Vorstellung von der technischen Machbarkeit tatsächlich eingeholt wurde. Im Jahr 1967 wurde als erster Mensch ein gewisser Dr. James Bedford eingefroren, was ihn sogar kurzzeitig in die Schlagzeilen brachte. Kurzzeitig, weil der hundertprozentig sichere Tod von drei Apollo-Astronauten ihn von der ersten Seite fegte. Ganz offensichtlich ist der Tod tragischer amerikanischer Helden eine bessere Meldung als der Tod eines wahnsinnigen Wissenschaftlers. Das verstehe, wer will.

Trotzdem nahm das Interesse an den Möglichkeiten der Kryonik langsam zu, bis im Jahr 1979 sieben Leichen aus Versehen aufgetaut wurden. Der Zwischenfall warf die Technologie um Jahre zurück, denn die Chance, während der Amtszeit von Präsident Carter aufzuwachen, genügte, um selbst die eifrigsten Befürworter abzuschrecken. In den 1980ern führte dann eine Reihe aufsehenerregender Gerichtsverfahren dazu, dass die Kryokonservierung in den gesamten USA eine legale Alternative zu Kremation oder Erdbestattung wurde. In jüngerer Zeit zeigte sich auch die US-Regierung an dem Verfahren interessiert, wohl in der Hoffnung, der wissenschaftliche Fortschritt würde den Menschen eines Tages erlauben, sich in einen scheintoten Zustand versetzen zu lassen und in die Weiten unserer Galaxie reisen zu können. Um dann vermutlich ein paar Aliens flachzulegen ...

Seitdem es die Technologie gibt, haben sich insgesamt nur etwa 250 Menschen einfrieren lassen, von denen der berühmteste wohl der Baseballspieler Ted Williams ist (dass Walt Disney sich einfrieren ließ, ist nichts als ein modernes Märchen). Das größte Problem bei der Sache sind die Kosten. Da niemand weiß, wann die Menschen tatsächlich so weit sein werden, Leichen nicht nur auftauen, sondern sie auch wiederbeleben und eventuelle Schäden beheben zu können, braucht man genug Geld, um eine Lagerung von ein-, vielleicht sogar zweihundert Jahren zu gewährleisten, nur so zur Sicherheit. Die Summe sollte natürlich schon vorher bereitgestellt werden, denn man weiß ja nie, ob die Erben nicht irgendwann die Schnauze voll haben, Tausende von Dollars für die Kühllagerung eines übergeschnappten Urgroßelternteils ausgeben zu müssen. Manche Firmen verlangen für die Prozedur gern auch mal eine viertel Million Dollar.

Wer knapp bei Kasse ist, hat noch die Möglichkeit, einfach nur den Kopf einzulagern. Das kostet nicht mehr als 10 000, wobei man schon fest darauf vertrauen muss, dass die Nachgeborenen es irgendwann schaffen, Gedanken in einen Computer hochzuladen. Zumindest sollte man Grund zur Hoffnung haben, sich vielleicht einmal zu den Berühmtheiten in einem Museum der Köpfe gesellen zu können, wie es die TV-Serie *Futurama* präsentiert.

Um nach all diesen Mühen nicht in ein paar hundert Jahren aufzuwachen und total einsam und orientierungslos zu sein, sollte man überlegen, ob man nicht vielleicht lieber einen pelzigen Freund mitnehmen will. Ein Kryonik-Institut in Michigan beherbergt fast so viele Tiere wie Menschen. Wobei sich jeder, der einmal einen Hund gebadet hat, ziemlich gut vorstellen kann, welch mitleiderregenden Anblick diese Tiere nach dem Auftauen bieten werden.

**Ich habe keine Angst vor dem Sterben.
Ich will nur nicht da sein, wenn es passiert.**

Woody Allen, Regisseur und Schauspieler

Erneuerbare Energie – im Kremationsstil

Bei einer Überprüfung im Jahr 2008 stellte sich heraus, dass das Krematorium einer schwedischen Kleinstadt nicht den Umweltschutzbestimmungen entsprach. Die Kühltürme mussten ersetzt werden, was eine teure und langwierige Angelegenheit zu werden drohte. Doch anstatt einfach den Scheck auszustellen und die Sache über die Bühne zu bringen, machten die Eigentümer sich Gedanken zum Thema Kremation und Umweltbewusstsein – und kamen auf eine total verrückte Idee. Die Wärme und der Rauch aus den Öfen waren ja nicht bloß nutzlos, sondern mussten zudem für teures Geld und mit einem Haufen Energie heruntergekühlt werden, bevor sie in die Atmosphäre entlassen werden durften (das spielt in Schweden eine größere Rolle als in anderen Ländern, denn der lokale Temperaturanstieg von »eisige Brustwarzen« auf »gerade noch erträglich« hätte zur Folge, dass die Gegend rings um ein Krematorium sich rasch zu einem extrem teuren Pflaster entwickeln würde). Was, wenn es eine grünere Möglichkeit gäbe? Was, wenn man die Wärme nicht vergeuden, sondern für das Beheizen des Krematoriums und der Friedhofsgebäude verwenden würde? Diese Überlegungen könnten sich in der Tat als zukunftsträchtig erweisen. Aber nur in einer Handvoll europäischer Städte ist es schon heute so, dass deine Wohnung zumindest teilweise aufgrund eines kürzlich verstorbenen Nachbarn warm ist.

Das Problem ist, dass das Verbrennen einer Leiche die Umwelt ungemein belastet. Man braucht eine Menge Sauerstoff, aber noch schlimmer ist der Rauch. Weil jeder von uns das Gefummel mit der Zahnseide hasst, haben die meisten Menschen Zahnfüllungen, und wenn die verbrennen, wird Quecksilber freigesetzt. Dieses muss herausgefiltert werden, bevor der Rauch in die Atmosphäre geht, sonst würden die Leute in der Umgebung rasch an etwas leiden, das man »Tod« nennt. Der Rauch muss außerdem drastisch abgekühlt werden. Seine ursprüngliche Temperatur beträgt 2000 Grad, und in den meisten Ländern wird Wasserkühlung eingesetzt, um die für die Atmosphäre verträglichen 150 Grad zu erzielen – ein Verfahren, das sich auch bei Atomkraftwerken sehr bewährt hat. Nun wird bei der Schmelze eines Krematoriums mit Sicherheit viel weniger Radioaktivität freigesetzt, aber will jemand ernsthaft in der Oma anderer Leute Ascheengel machen?

Indem der Rauch umgeleitet und in Energie verwandelt wird, können Krematorien den eigenen Energieaufwand verringern und gleichzeitig den normalen Stromverbrauch von ein paar Privathaushalten senken, denen diese grüne Energie zugeführt wird. Eine klassische Win-win-Situation! Die Reaktion auf diese im Grunde doch eher fragwürdig anmutende Praxis war überraschend positiv. Schwedens Testmodell funktionierte derart gut, dass gleich eine ganze Reihe von Städten in Dänemark ebenfalls diese Wärme-durch-Leichen-Route einschlugen. Und da etliche größere Krematorien an der Sache beteiligt waren, konnten Energieüberschüsse nicht mehr nur an einzelne Kunden, sondern im großen Stil an die staatliche Stromversorgung verkauft werden. Ein paar Städte in England ziehen das Verfahren derzeit in Erwägung, wobei es eine gibt, die das städtische Schwimmbad mit Wärme aus dem Krematorium beheizt, was der Stadtverwaltung jährlich Ausgaben in Höhe von 10 000 Pfund erspart. In all diesen Städten wurden die Bewohner bezüglich Einführung oder Nichteinführung befragt, und allerorten reagierte die überwältigende Mehrheit zustimmend.

Wenngleich der Ansatz, die Energie der Toten zu nutzen, recht neu ist, dürfte er für Länder mit extrem hoher Verbrennungsrate, darunter etwa Japan, ein gewaltiger Schritt in Richtung einer Reduzierung des CO_2-Fußabdrucks sein, obschon ironischerweise auch CO_2 produziert wird. Feuer bekämpft man eben am besten mit Feuer!

Klägliche Webcasts

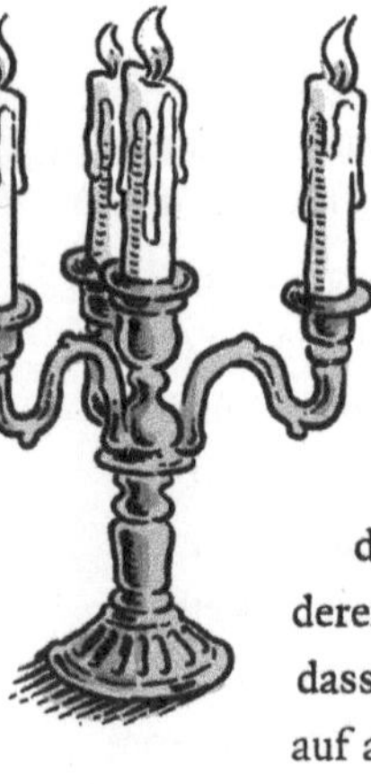

Bislang war es so, dass man beim Tod einer nahestehenden Person (oder zumindest einer, in deren Testament man berücksichtigt war) alles stehen und liegen ließ, um dem Begräbnis beizuwohnen. Dabei spielte es keine Rolle, ob man stundenlang fahren, horrende Last-Minute-Preise für Flüge blechen oder unbezahlten Urlaub nehmen musste. Es gab nur diese eine Möglichkeit, gemeinsam mit den anderen zu trauern, und es wurde einfach erwartet, dass man teilnahm. Durchquer den Ozean, kriech auf allen vieren durch heiße Lava, egal – der Punkt ist, dass du entweder zur rechten Zeit in der Kirche aufkreuzt oder auf ewig das Familienmitglied bist, dem das Begräbnis des Großonkels am Arsch vorbeiging. Ein Trost dürfte sein, dass Erschöpfung und Jetlag das Weinen ungemein erleichtern.

Hier tritt nun die Technik auf den Plan. Wie mittlerweile fast alles andere auch, hat das Internet den Besuch von Begräbnissen ungemein erleichtert. Wobei das nur eine Frage der Zeit war. Schließlich stößt sich längst keine Sau mehr daran, dass man eine wichtige Geburtstagsparty verpasst und stattdessen über Skype gratuliert; auch Hochzeiten werden ohne Ende im Internet übertragen, denn die Möglichkeit zum Streamen gibt es fast überall. Begräbnisse hatten aber eine Eigenschaft, die einer persönlichen Teilnahme Bedeutung verlieh. Sie waren innerhalb unserer Kultur der letzte feierliche Anlass, den die Bequemlichkeit der modernen Welt noch nicht komplett eliminiert hat. Genau wie bei den Technikfeinden, die immer noch den Siegeszug des E-Books fürchten, wird es in naher Zukunft ziemlich seltsam aussehen, wenn jemand *nicht* aus der Ferne trauert.

Großereignisse wie das Begräbnis von Michael Jackson waren stark daran beteiligt, eine Online-Teilnahme an Trauerfeiern akzeptabel zu machen. Mittlerweile bieten immer mehr Bestattungsunternehmen den Service an, wobei die Anzahl der Kunden, die ihn tatsächlich in Anspruch nehmen, sich innerhalb weniger Jahre verzehnfacht hat. Oft verfolgen mehr Leute das Begräbnis online, als persönlich vor Ort sind. Auch die On-Demand-Option wird immer populärer, denn hier haben diejenigen, die nicht live dabei sein konnten, die Möglichkeit, sich die Trauerfeier zu einem späteren Zeitpunkt anzusehen. Schließlich sind wir in unserem Leben an einem Punkt angelangt, an dem wir ungern Familienmitglieder live betrauern, wenn sich das mit einer Episode von *Mad Men* überschneidet. Viele Leute berichten, sie würden sich die Trauerfeier mehr als nur einmal ansehen und so Gelegenheit haben, sich auf unterschiedliche Art und Weise mit ihrer Trauer auseinanderzusetzen und über diverse Aspekte des Rituals nachzudenken. Was für die Fernsehsender durchaus ein Ansporn sein könnte, ein paar Reality-Serien rund um das Thema Begräbnis auszustrahlen. *How I met your undertaker*, *Desperate widows* und *Survivor: nicht wirklich* wären da nur so die ersten Ideen.

Wobei nicht alle Bestattungsunternehmer froh über die jüngeren Entwicklungen sind. Manche sehen einen Traditionsbruch, andere befürchten gleich den Niedergang der Begräbniskultur als solcher. Dabei stellen Bestattungen, die sich an ein Online-Publikum richten, doch viel eher Feiern des Lebens dar. Denn sobald nicht mehr die Leiche im Mittelpunkt des Geschehens steht, ist die ganze Sache gleich viel weniger gruselig, oder? Nach Ansicht mancher Leute wird auf die Art allerdings das eigentliche, das physische Begräbnis überflüssig, weil die sterblichen Überreste gegenüber Online-Gästebüchern und Gedenkvideos an Bedeutung verlieren. Wenn der Fall wirklich eintreten sollte, könnten wir glatt wieder zu den Massengräbern zurückkehren und jede Menge Geld sparen.

Wer mal in einen Begräbnis-Webcast reinschauen will, aber momentan keinen frisch verstorbenen Angehörigen hat, sollte die Website eines Bestattungsunternehmens checken, zum Beispiel die von Conley Funeral Home oder Bailey Family Funeral Home. Der Streaming-Bereich kann eigentlich durch ein Passwort geschützt werden, aber genau wie bei ihren WLAN-Verbindungen richten die wenigsten Menschen tatsächlich eines ein, was zur Folge hat, dass jeder, aber auch wirklich jeder von jedem Ort auf dem Planeten einen wildfremden Menschen betrauern kann. Ach ja – Wunderwelt der Technik!

Ich habe noch nie einen Menschen getötet, aber so manche Todesanzeige habe ich mit Vergnügen gelesen.

Clarence Darrow, Rechtsanwalt (starb 1938)

Fette Begräbnisse

Wo der Großteil der Unternehmen sich auf lustige, technische oder futuristische Innovationen innerhalb des Bestattungswesens konzentriert, wäre das echte Geld wahrscheinlich eher durch die Bewältigung unserer rasant anwachsenden Taillenumfänge zu machen. In den USA ist über ein Drittel der Bevölkerung krankhaft fettleibig, und diese Zahl nimmt stetig zu; man geht davon aus, dass im Jahr 2030 an die fünfzig Prozent der Amis übergewichtig sind. Das hat zur Folge, dass in den USA für Bestattungszubehör mittlerweile genau die Marketingstrategien herrschen, die auch Schuld an dieser ganzen Misere sind, denn man kauft das, was man braucht, in »Supergroß«.

Damals, als man noch nicht zehn Minuten auf dem Parkplatz herumfuhr, um eine Lücke zu finden, die drei Meter näher am Eingang ist, hatten normale Särge eine Breite von rund 60 cm. Heutzutage sind 68 cm Standard. Und selbst das ist für die runderen unter unseren geliebten Angehörigen nicht genug. Manche Bestattungsunternehmen bieten »Übergrößen« bis zu 1,32 m Breite an, was nebenbei gesagt auch eine billige Möglichkeit für eineiige Zwillinge sein kann, wenn sie eher schlank sind und zufällig auch noch am gleichen Tag sterben. Für einen größeren Sarg braucht man logischerweise auch eine größere

Grabstelle. Solche werden von Friedhöfen neuerdings manchmal bereitgestellt, doch in der Regel wird von den Kunden verlangt, zwei Grabstellen nebeneinander zu erwerben, damit ein übergroßer Sarg untergebracht werden kann. Die Demütigung, der Übergewichtige schon zu Lebzeiten ausgesetzt waren, wenn sie im Flugzeug zwei Sitze nebeneinander buchen mussten, verfolgt sie also auch ins Grab.

Es gibt da aber auch die Sicherheitsbedenken. Schon normale Särge sind nicht besonders leicht, und ein größerer kann, sobald gefüllt, vom Bestattungspersonal gar nicht mehr getragen werden. Und sollten die Bodybuilder nicht scharenweise den Beruf wechseln, sind für die schwereren Särge zudem spezielle Ladevorrichtungen nötig. Zudem sind die Leichenwagen, ohnehin schon länger und schwerer als normale Pkw, mit dem zusätzlichen Gewicht schlicht überlastet. Mancherorts setzt man deshalb wieder von Pferden gezogene Karren ein, denn die sind schneller, billiger und extra für schwere Lasten gebaut. Aufgrund der genannten Besonderheiten und Komplikationen kann so ein XXL-Begräbnis gerne mal 3000 Dollar teurer sein als eines für eine Person mit »durchschnittlichen« Maßen. Und wer sich über die Bemerkungen ärgert, die die kleine Schwester macht, wenn man beim Thanksgiving-Dinner zum dritten Mal nachschöpft, sollte besser gar nicht darüber nachdenken, was sie sagt, wenn sie das herausfindet. Na ja, wenigstens kann man sie dann nicht mehr hören.

Einäscherungen bringen ihre ganz eigenen Probleme mit sich. Für die Fettverbrennung ist viel mehr Wärme erforderlich als für den restlichen Körper, deshalb dauert der Vorgang länger, je mehr Fett im Spiel ist. Außerdem sind höhere Temperaturen nötig, was – wie ein österreichisches Krematorium im Jahr 2012 feststellen musste – ziemlich gefährlich werden kann.

Bei der Verbrennung einer 220 Kilo schweren Frau wurde der Ofen so heiß, dass das ganze Gebäude zu brennen anfing. Sowohl Österreich als auch die Schweiz erwägen bei Kremationen jetzt Gewichtsbeschränkungen. Bei der Verbrennung übergroßer Leichen entsteht natürlich auch viel mehr Kohlendioxid, was für Krematorien, die ansonsten vorbildlich funktionieren, Probleme mit den Umweltschutzbestimmungen mit sich bringen kann. Wenn wir irgendwann so weit sind, dass unsere Fettleibigkeit die Ozonschicht auch nach dem Tod noch ruiniert, ist vielleicht endgültig der Zeitpunkt gekommen, an dem wir anfangen sollten, mehr Gemüse zu essen. Oder du sagst einfach, Scheiß drauf, und machst die Chipstüte leer – ist ja dann schließlich nicht mehr dein Problem ...

Digitale Überreste

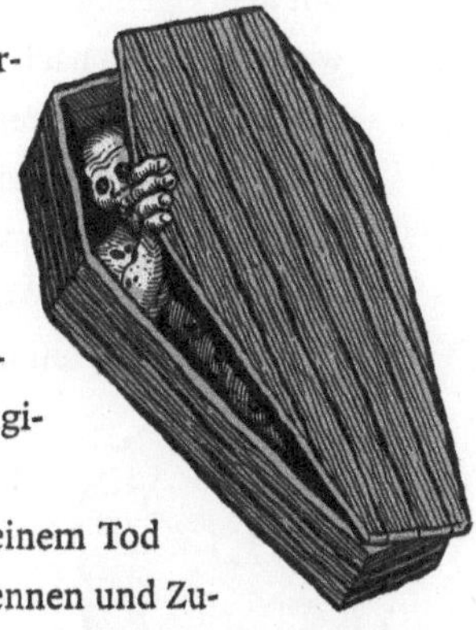

Früher musste man sich nur um seine (vermutlich) auf ewig verdammte Seele sorgen und (in geringerem Ausmaß) darum, was mit dem eigenen Körper geschieht, wenn man stirbt. Aber heutzutage gibt es auch noch etwas, das zwischen dem Ätherischen und dem Physischen liegt: die digitalen Überreste.

Denk mal drüber nach. Werden bei deinem Tod die richtigen Leute all deine Passwörter kennen und Zugang zu deinen Accounts haben? Sollten diese Informationen im Testament festgehalten werden? An wen gehen Musiksammlung, E-Books und Domain-Namen? Es überrascht kaum, dass Firmen aus dem Boden schießen, um den Leuten bei all diesen Dingen zur Hand zu gehen. Klar könnte jeder von uns das selbst regeln, aber verdammt noch mal: Wir sind hier schließlich im Kapitalismus!

Natürlich geht es nicht nur darum, wer was bekommt. Denn abgesehen davon will man ja auch nicht, dass jeder alles zu sehen kriegt. Vermutlich ist es dir egal, wenn dein Bruder deine extensive Pornokollektion entdeckt, aber wie ist das bei deiner Mutter? Nun, diese Firmen stellen sicher (für ca. zehn bis dreißig Dollar pro Jahr), dass deine digitalen Informationen gespeichert und zum gegebenen Zeitpunkt an die richtigen Leute weitergeleitet werden. Nur sollte man nicht vergessen, dass man sich da registriert hat. Manche Firmen verlangen, dass zwei Leute deinen Tod bestätigen, bevor sie die Infos rausrücken. Andere fordern eine regelmäßige Bestätigung der eigenen Existenz, manchmal sogar täglich, ansonsten werden die Informationen verschickt – was ein bisschen so aussieht, als würde man mit dem eigenen Leben erpresst. Sicher wäre es peinlich genug, wenn die Leute nach deinem Tod alle Geheimnisse deines digitalen Lebens erfahren würden. Aber du kannst dir sicher ausmalen, was die Leute erst sagen würden, sollte deine Britney-Spears-Playlist noch vor deinem Tod nach draußen sickern.

Wobei diese Firmen die Speicherung anbieten und sonst nichts. Wenn man nun aber bis ins Grab hinein vernetzt bleiben will? Richtig: Dafür gibt es den E-Tomb. Der sieht aus wie ein echter Grabstein und ist – ziemlich sexy – mit informationszeitaltergemäßen Glöckchen und Pfeifen ausgestattet. Das Ding ist noch in Entwicklung und soll sämtliche Online-Informationen zu dem Verstorbenen enthalten, inklusive Fotos, Facebook-Seite etc., welche den Friedhofsbesuchern über eine Bluetooth-Schnittstelle zugänglich gemacht werden. Diese Ansammlung der digitalen Informationen fungiert als eine Art Internet-Gedenkstätte des Verstorbenen, und die Nahestehenden können alles per SMS oder Web-Post kommentieren. Jeder von uns kennt mit Sicherheit die Situation, dass man gemeinsam ins Restaurant geht und alle sind nur mit ihren Smartphones beschäftigt. Ungefähr so muss man sich dann auch ein Begräbnis vorstellen (aber Vorsicht, zu viele Tränen verschmieren den Touchscreen). Eingebaute Solarzellen sorgen dafür, dass der Grabstein immer geladen ist. Und natürlich wäre das Ganze kein echtes Online-Erlebnis, wenn es keine Trolle gäbe, also müsste der E-Tomb dahingehend gesichert werden, dass im virtuellen Gästebuch immer nur nette Dinge stehen. Dafür bräuchte man nichts weiter als einen der trauernden Familienangehörigen, der die Einträge durchgeht und streicht, wenn jemand etwas Gemeines gepostet hat.

Klar ist allerdings auch, dass man für den Zugang zum E-Tomb nahe beim Grab sein muss. Nun haben aber viele Leute Freunde, die sie nur übers Internet kennen oder die Tausende von Kilometern entfernt wohnen. In diesem Fall stellen Facebook-Seiten und Twitter-Feeds der verstorbenen Personen die Gedenkstätten dar. In der Tat haben alle Betreiber sozialer Netzwerke klare Richtlinien, was beim Tod eines Teilnehmers mit dessen Account geschieht. Deine iTunes-Bibliothek geht etwa zurück an Apple, was derzeit von ein paar Einzelkämpfern gerichtlich angefochten wird. Facebook friert den Account ein, ohne ihn zu löschen (was zu Beschwerden geführt hat, denn immer wieder schlägt das Netzwerk den Leuten irgendwelche Freundschaften mit bereits Verstorbenen vor). Irgendwann wird auch die Gesetzeslage im digitalen Zeitalter ankommen, wobei es gut sein kann, dass der eine oder andere da schon tot ist. Am besten, man plant voraus – hinterlegt das Passwort im Testament und hofft, der Nutznießer behauptet nicht, man sei aus dem Grab auferstanden.

Hörst du mich jetzt?

Die Welt ist derart vernetzt, dass man nicht mal abschalten kann, wenn man tot ist. Als würde es sich um eine Art technisiertes Ouija-Brett handeln, lassen sich nach Angaben von Bestattungsunternehmen in aller Welt immer mehr Leute mit ihren Handys begraben. Und warum auch nicht? Man hat sich stundenlang abgemüht, in den Levels von Angry Birds seine drei Sterne zu sammeln, also nimmt man die auch mit, logo.

Im alten Ägypten gab man den Toten Sachen mit ins Grab, die sie im nächsten Leben gebrauchen konnten, also etwa einen Schatz oder ein paar tausend Sklaven. Heutzutage benötigt man für das Jenseits nichts weiter als einen vollen Akku und eine Person, die auf dieser Seite des Vorhangs die Telefonrechnung bezahlt. Ohne Witz jetzt. Es gibt tatsächlich eine Frau, die auch vier Jahre nach dem Tod ihres Gatten immer noch dessen Handyrechnung bezahlt, damit sie und ihre Söhne ihn über die Ergebnisse seiner Lieblingsmannschaften auf dem Laufenden halten können. Die gute Frau scheute sich auch nicht, die Öffentlichkeit an der Sache teilhaben zu lassen, und ließ die Handynummer des Verstorbenen in den Grabstein einritzen. Beim Abhören seiner Mailbox dürfte er sich im Jenseits dementsprechend wundern, dass zwischen den Botschaften der lieben Familie immer wieder Spaßanrufe kichernder Teenager auf dem Band sind.

Anekdoten belegen, dass dieser Trend gerade bei Leuten um sich greift, die sehr jung sterben. Ein Mann wurde erwiesenermaßen mit aufgesetztem Bluetooth-Headset beerdigt – vermutlich, weil er auch im Tod der Vollidiot bleiben wollte, der er schon zu Lebzeiten war. Sehr beliebt ist auch, das Handy des Verstorbenen auf Lautsprecher zu stellen und anzurufen, wenn der Sarg in die Erde abgelassen wird. Das hat den doppelten Vorteil, dass man einerseits der Person, die man zum letzten Mal sieht, im wahrsten Sinne des Wortes Adieu sagen und andererseits den nichtsahnenden Totengräbern den Schreck ihres Lebens einjagen kann.

Wer zu den Millionen von Menschen gehört, die sich nach dem Tod einäschern lassen wollen, kann ganz unbesorgt sein, denn auf sein iPhone muss man trotzdem nicht verzichten. In jüngerer Zeit haben besorgte, wenngleich leicht fehlgeleitete Familienmitglieder ihren technikverliebten Angehörigen immer wieder Smartphones in die Tasche gesteckt, bevor es in den Ofen ging. Dieser Trend wurde in dem Moment offensichtlich, als die Leichen im Feuer zu explodieren begannen. Mittlerweile bieten Krematoriumsbetreiber an, mobile Endgeräte gemeinsam mit der Asche in die Urne zu packen, damit es nicht zu weiteren Zwischenfällen kommt.

Wie das Amen in der Kirche gehört zu jeder anständigen technischen Entwicklung auch der Protest von ein paar Hippies. Obschon es keine gültigen Zahlen darüber gibt, wie viele Menschen dem genannten Trend tatsächlich folgen, wurden vonseiten einiger Gruppen nicht etwa Bedenken hinsichtlich formaldehydgetränkter Leichen in bleihaltigen Särgen geäußert, sondern vielmehr dahingehend, dass Handy-Akkus umweltmäßig ein echtes Tabu seien. Zum Glück sind mittlerweile ein paar Firmen dabei, »grüne« Handys zu entwickeln. Wer sich also um Großvaters CO_2-Fußabdruck sorgt, muss keineswegs eine Séance veranstalten, um ihm die Ergebnisse des Super Bowl durchgeben zu können.

Persönlich habe ich nichts gegen Totengräber. Ich möchte nur nicht, dass einer von ihnen meine Schwester begräbt.

Jessica Mitford, politische Aktivistin (starb 1996)

Vorkehrungen für Paranoiker

Über die ganze Geschichte der Menschheit, von den Anfängen der Schriftlichkeit bis zum heutigen Tag, gibt es Hunderte, wenn nicht gar Tausende Beispiele für versehentliche und also vorzeitige Begräbnisse. Allein die Vorstellung, aus dem Koma aufzuwachen und sich lebendig begraben zu wissen, reicht aus, um selbst den besonnensten Menschen in Angst und Schrecken zu versetzen. Dennoch bereitet sich kaum jemand auf eine solche Situation vor. Eine Ausnahme sind da vielleicht die immer noch recht populären Totenwachen, die ursprünglich abgehalten wurden, um sicherzugehen, dass der Verstorbene sich nicht plötzlich aufsetzt. Es gibt jedoch Leute, die unglaublich originelle Ideen entwickelt haben, um sich für den Fall, dass sie sechs Fuß unter der Erde aufwachen, garantiert Gehör verschaffen zu können.

Zunächst einmal konnte man auf recht simple Art und Weise verhindern, Opfer eines vorzeitigen Begräbnisses zu werden, indem man nämlich testamentarisch verfügte, dass einem die Scheiße aus dem Leib geprügelt wurde, sobald sie einen für tot hielten. Es gab immer wieder den Fall, dass ein »toter« Mensch auf dem Seziertisch aufwachte, deshalb hofften die eher ängstlich Veranlagten, durch Einforderung von Schlägen die Frage nach ihrer Letalität ein für alle Mal zu beantworten. Von den Ärzten wurde diese strapaziöse Tätigkeit in der Regel extra berechnet, doch die Leute zahlten, weshalb wir über Berichte verfügen, nach denen Leichen aufgespießt oder geköpft wurden, nur so für den Fall, dass ...

Um das Jahr 1800 gab es laut zeitgenössischen Zeitungsmeldungen in Europa mehr vorzeitige Begräbnisse als jemals zuvor. Egal, ob das stimmte oder nicht, jedenfalls gewann die »Garantiert-tot-sein«-Industrie ordentlich an Zulauf. Beispielsweise wurde ein Patent für einen Sarg angemeldet, in dem sich über der Brust des Toten ein Knopf im Deckel befand. Im Fall, dass der »Tote« ohne Erlangung des Bewusstseins zu atmen begänne, würde die Brust den Knopf berühren und in der Friedhofsverwaltung einen Alarm auslösen. Für die Beisetzung in einer Gruft waren Särge mit Federn ausgestattet, auf dass bereits die geringste Bewegung den Deckel aufspringen ließ, was irgendwann garantiert für eine zum Brüllen komische Begräbnispanne gesorgt haben dürfte. Immer wieder gab es Leute, die nur mit Hammer und Meißel in den Sarg steigen wollten, um eventuell wieder rauszukönnen, wenn niemand sie schreien hörte.

Die am häufigsten verwendete Vorsichtsmaßnahme war, sich eine Schnur an den Finger binden zu lassen, mit der man im Falle des Erwachens vom Grab aus eine oberirdische Glocke läuten konnte. Damit zusammenhängend wurde auch oft ein Belüftungsrohr eingesetzt, damit nicht der Erstickungstod eintrat, bevor irgendjemand bemerkte, dass hier ein zum Leben Erweckter bimmelte und nicht etwa eine streunende Katze. Als Variante gab es so etwas auch als Schachtel mit einer Fahne drin, welche beim Ziehen der Schnur herausschoss und nach oben Lebenszeichen signalisierte – oder auch nur nützlich sein konnte, falls die Totengräber mal eine Runde Friedhofsgolf spielen wollten.

Ungeachtet aller medizinischen Fortschritte besteht die Furcht davor, lebendig begraben zu werden, auch heute noch. Im Jahr 1995 brachte eine italienische Firma ein Sarg / Überlebens-Set auf den Markt, das neben anderen Kostbarkeiten eine Sauerstoffflasche, einen Defibrillator und ein Gegensprechmikrofon enthielt, um die Kommunikation zwischen der vermeintlichen Leiche und der Außenwelt zu ermöglichen. Und obgleich die meisten der Menschen, die heutzutage ihre Handys mit ins Grab nehmen, das aus symbolischen Gründen tun, gibt es Regionen auf der Welt, in denen es äußert populär ist, »für alle Fälle« ein Mobiltelefon und zahlreiche Akkus mitzunehmen, speziell in Südafrika.

Befürworter der Einäscherung haben schon immer auf den einen entscheidenden Vorteil dieses Verfahrens hingewiesen: Man kann unmöglich lebendig begraben werden. Wobei man natürlich riskiert, lebendig verbrannt zu werden, aber hey: Man kann schließlich nicht alles haben!

Asche im Apogäum

Im Jahr 1994 prophezeite die NASA, Weltraumbestattungen würden in unserer Zeit ein sprießender Wirtschaftszweig sein, getragen insbesondere von Science-Fiction-Fans und japanischen Buddhisten, weil diese »offen gegenüber Innovationen sind und zum Tod ein entspannteres Verhältnis haben als die meisten Bewohner der westlichen Hemisphäre«. Nun hat die NASA außerdem verkündet, dass es im Jahr 2010 vollkommen normal sein würde, in Weltraumkrankenhäusern behandelt zu werden – man sollte ihre Einschätzungen also durchaus mit Vorsicht behandeln. Doch ungeachtet gewisser Anlaufschwierigkeiten sind Weltraumbestatter dabei, sich innerhalb der millionenschweren Bestattungsbranche ihr Eckchen zu sichern.

Für einen Betrag von mindestens tausend Dollar – bis hin zum Fünfzehnfachen – können auch Sie Ihre sterblichen Überreste ins All schießen lassen. Na ja, zumindest einen Teil davon. Einen sehr kleinen Teil. Eine der Firmen spricht in dem Zusammenhang von einer »symbolischen Menge«, die sich auf rund ein Gramm Ihrer Asche beläuft. Möglicherweise ist man nicht einmal für immer da draußen, je nachdem, welches Paket man wählt. Bei den billigeren Varianten wird man gemeinsam mit den Überresten anderer Passagiere in eine recht erdnahe Umlaufbahn geschossen. Und da alles, was hochsteigt, auch wieder runterkommen muss, sinkt die Kapsel nach rund einem Jahr Richtung Erde und verglüht beim Eintritt in die Atmosphäre. Es gab auch schon Unfälle. Bei der Raumfahrt klappt ja erfahrungsgemäß immer wieder etwas nicht, und von den acht Missionen, die in den letzten fünfzehn Jahren stattgefunden haben, sind tatsächlich zwei schiefgegangen.

Abgesehen von den bislang erwähnten Problemen dauert es auch noch Jahre, bevor man einen geliebten Menschen nach dessen Ableben in die blauen Tiefen des Alls entsenden kann. Selbst Majel Barrett, die Frau des *Raumschiff-Enterprise*-Schöpfers Gene Roddenberry, die im Jahr 2008 verstarb, ist erst 2015 an der Reihe. Roddenberry selbst gehörte zu den 24 Personen, deren Überreste 1997 die erste Weltraumbestattung überhaupt bekamen. Die meisten der Beteiligten hatten zu Lebzeiten in der einen oder anderen Form mit dem All zu tun gehabt, mit Ausnahme des Universitätsprofessors und LSD-Papstes Timothy Leary, der zwar der Auffassung gewesen sein mag, er würde unter dem Einfluss psychedelischer Drogen den Weltraum erkunden, der ganz nüchtern betrachtet aber niemals im All war.

Zum jetzigen Zeitpunkt gibt es Weltraumbestattungen ausschließlich für Menschen, wobei es sein kann, dass die Asche eines im Jahr 2008 verstorbenen Polizeihundes als blinder Passagier in dem Raumschiff mitgereist ist, in dem sich auch die Asche des *Raumschiff-Enterprise*-Darstellers James »Scotty« Doohan befand. Nur einer einzigen Person wurde die Ehre zuteil, in Ascheform auf dem Mond bestattet zu werden: dem Astronomen Dr. Eugene Shoemaker.

Für diejenigen unter uns, die allein wegen der Kosten vor einem Weltraumflug ins Jenseits zurückschrecken, gibt es Hoffnung. US-Bundesstaaten wie Virginia und Florida gewähren Familien, die die Überreste verstorbener Angehöriger von ihrem Territorium aus ins All schießen lassen, Steuererleichterungen im Wert von mehreren tausend Dollar. Damit beabsichtigt man, einen Fuß in die Tür des Weltraumhandels zu kriegen, wie eine Art moderner Versicherungsvertreter des 21. Jahrhunderts.

Manche Menschen sind am Leben, weil es gesetzlich verboten ist, sie zu töten.

Edgar W. Howe,
Verleger (starb 1937)

Kapitel 5

Verrückte **Einzelfälle**

Echte Liebe ist stärker als der Tod ▶

Menschen betreiben einen irrsinnigen Kraftaufwand, um sich den Tod als etwas einzureden, das nur anderen Leuten widerfährt. Wenn der Fall dann aber doch eintritt, kippen sie glatt aus den Latschen. Man mag außerdem nicht glauben, dass Leute mit der Leiche eines Freundes einen trinken gehen, dabei ist das wirklich vorgekommen. Einen besonderen Eifer legen Menschen an den Tag, wenn es darum geht, Dinge zu klauen, die irgendwie mit dem Verstorbenen zu tun haben – Grabbeigaben, den Leichenwagen oder auch die Leiche selbst. Der Umgang mit einem Leichnam bewirkt offenbar, dass ganz normale Personen auf einmal zu Kleptomanen werden. Wobei es hin und wieder auch sein kann, dass der Verstorbene derjenige ist, der das Begräbnis ins Chaos stürzt, insbesondere dann, wenn sich herausstellt, dass er gar nicht tot ist. Wer seine Verwandten auch nach dem Tod ein wenig aus der Fassung bringen will, sollte sich ruhig von denen inspirieren lassen, die bereits das Zeitliche gesegnet haben: So kann ein verrücktes Testament, ein witziger Grabstein oder die Verfügung, für das Begräbnis einen Clown zu mieten, durchaus dazu dienen, die Verwandtschaft auch nach Ihrem Tod auf Trab zu halten.

Horror-Naps

Ist schon allein der Gedanke daran, lebendig begraben zu werden, für die meisten Menschen genug, um sie in den Wahnsinn zu treiben, so kann andersherum eine zum rechten Zeitpunkt erwachende Leiche ein Begräbnis in eine Mordsparty verwandeln. Wiewohl der Wahrheitsgehalt ausländischer Berichte über Fälle eines plötzlich auftretenden Lebenssyndroms schwer einzuschätzen ist, ist ihre Häufigkeit entweder als frappierend oder als besorgniserregend zu bezeichnen. Hier sind ein paar aus den letzten paar Jahren:

Das beste Nickerchen aller Zeiten Eine 95-jährige Chinesin namens Xiufeng Li beschloss, dem Sensenmann ungeachtet ihres Alters die kalte Schulter zu zeigen. Leider war das nicht der Eindruck, den sie auf einen Nachbarn machte, der bei ihr daheim vorbeischneite und sie reglos auf dem Boden vorfand. Sie wurde in ihrer Wohnung in einem offenen Sarg aufgebahrt, damit Freunde und Verwandte einen letzten Blick auf sie werfen konnten. Man kann sich vorstellen, wie geschockt besagter Nachbar war, als er ihr die letzte Ehre erweisen wollte und einen leeren Sarg antraf. Li war nach fünf Tagen aufgewacht und machte sich in der Küche gerade etwas zu essen. Sie sagte, sie hätte herrlich geschlafen, und zwar so ernsthaft, wie das nur 95-jährige Frauen können.

Wie man aus einem Begräbnis eine Party macht Ein 28-jähriger Kellner aus Ägypten verdankt sein Leben einem aufmerksamen Arzt. Als er bei der Arbeit aufgrund eines scheinbaren Herzinfarkts zusammenbrach, wurde er den Regeln des Islam gemäß schnell für das Begräbnis vorbereitet. Der Arzt, der die Todesbescheinigung ausstellen sollte, war irritiert, wie warm die Leiche sich anfühlte, und entschied nach ein paar Tests, dass sie noch lebte. Als die Mutter des Jungen das hörte, fiel sie in Ohnmacht, aber sobald alle Anwesenden wiederbelebt waren, verwandelte sich die Trauerfeier in eine »You're alive«-Party (sehr populär gerade auch in Kriegsgebieten).

Die Grateful Nicht-so-Dead Die Trauergäste beim Begräbnis eines jemenitischen Mannes reagierten nicht so wohlwollend. Als seine »Leiche« ins Grab abgelassen wurde, fing er an zu schreien, er sei lebendig und würde umgebracht. Die Anwesenden gerieten (zu Recht) in Panik, rissen sich dann aber am Riemen und befreiten die vermeintliche Leiche aus ihrem Grab. Ein ähnlicher Fall trat in Südafrika auf, als ein vermeintlich toter Mann in der Kühlzelle des Leichenhauses nach ein paar Tagen aufwachte und zu schreien anfing. Die Mitarbeiter »dachten, es sei ein Geist, und rannten um ihr Leben«. Schließlich wurde der Mann gerettet, zwar unterkühlt, aber ansonsten unverletzt.

Knapp daneben ist auch vorbei Leider hat nicht jedes Aufwachen ein Happy End. In Russland setzte sich Berichten zufolge eine Frau während des eigenen Begräbnisses auf und war so erschrocken, dass sie einen Herzinfarkt erlitt und starb – diesmal jedoch richtig. Und ein brasilianischer Junge, der scheinbar an den Folgen einer Lungenentzündung gestorben war, richtete sich ebenfalls während des eigenen Begräbnisses auf und bat seinen Vater um ein Glas Wasser. Die Familie jubelte schon begeistert, es handele sich um ein Wunder, doch der Junge legte sich wieder hin und war – wie die untersuchenden Ärzte den Eltern versicherten – dieses Mal leider wirklich tot.

> *Ich kann unmöglich sterben.*
> *Es würde mein Image ruinieren.*
> **Jack LaLanne, Fitnessexperte (starb 2011)**

Meine Eltern waren bei einem Begräbnis, und alles, was sie mir mitgebracht haben, ist dieser blöde Schädel

Jahrmillionen der Evolution haben in unserem Gehirn die klare Haltung herausgebildet, dass tote Körper eklig sind und am besten in Ruhe gelassen werden. Leider sind wir gleichzeitig völlig scharf auf berühmte Menschen und horten fast schon krankhaft die nutzlosesten Dinge. Bei manchen Leuten überdecken diese beiden Interessen den natürlichen Impuls, beim Anblick einer Leiche das Weite zu suchen. Stattdessen werfen sie einen Blick auf Teile einer verstorbenen Berühmtheit und denken sich: »Da will ich auch was von haben.«

Die Geschichte ist voll mit Beispielen dieses Verhaltens, das dazu geführt hat, dass die gestohlenen Teile für immer verloren sind. Das mumifizierte Herz Ludwigs XVI. wurde etwa während der Französischen Revolution entwendet und gelangte irgendwann in die Hände eines hohen englischen Geistlichen, der es aufaß. Thomas Paines Leiche hingegen wurde von einem Unbekannten komplett ausgegraben und jahrelang auf irgendeinem Dachboden aufbewahrt, bevor sie der Geschichtsschreibung für immer verlorenging. Und die Studentenvereinigung *Skull & Bones Club*, damals unter dem Vorsitz von Prescott Bush (Vater von George Bush Sr.), wird verdächtigt, zu Zeiten des Ersten Weltkriegs den Schädel des Indianerhäuptlings Geronimo ausgegraben zu haben und ihn bis zum heutigen Tag in ihrem Vereinssitz in Yale aufzubewahren.

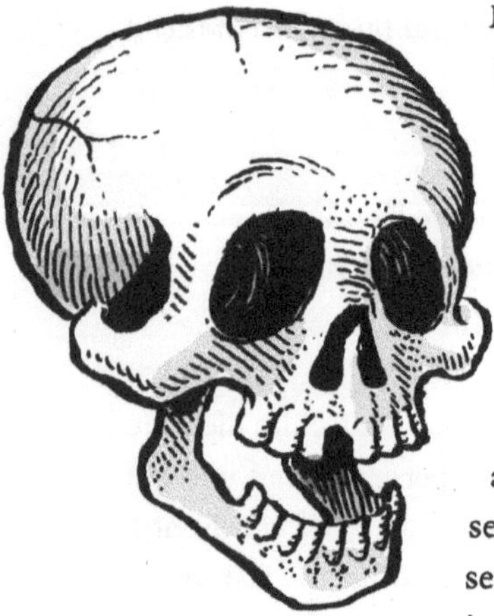

Einige Teile von Leuten, die ansonsten irgendwo in Frieden ruhen, befinden sich aber noch im Umlauf. Ganz berühmt ist etwa das Gehirn von Albert Einstein. Nicht einmal acht Stunden nach seinem Tod wurden bei einer Autopsie Gehirn und Augen entfernt. Wollte der große Physiker, der um seine außerordentliche Intelligenz wusste, seinen Körper nach dem Tod der Wissenschaft übermachen? Das wäre echt eine rührende Geschichte, sie stimmt aber leider nicht. Einstein wollte nämlich verbrannt werden. Zudem war eine Autopsie gar nicht nötig, denn was ist verdächtig daran, wenn ein 76-Jähriger mit Schmerzen in der Brust ins Krankenhaus eingeliefert wird und stirbt? Der diensthabende Pathologe an dem Abend, Thomas Harvey mit Namen, beschloss einfach, Einsteins Gehirn zu untersuchen, vermutlich kurz bevor er »Yeah! Wissenschaft!« rief und rhythmische Bewegungen mit dem Becken vollführte. Als dann die Wahrheit ans Licht kam, zeigte sich die Öffentlichkeit schockiert, aber da war es natürlich schon zu spät. Harvey gab die Augen einem Freund, behielt das Gehirn für sich selbst und zerlegte es in über 200 kleine Stücke. Wenngleich Wissenschaftler das Gehirn seit mehr als einem halben Jahrhundert untersuchen, haben sie bis heute nichts entdeckt, was die Tat rechtfertigen würde.

Bei dem bizarrsten Ding, das von jemandem übrigblieb, handelt es sich tatsächlich um jemandes Ding, genauer gesagt, um Napoleons Penis. Seine Provenienz ist nicht ganz so klar wie die von Einsteins Gehirn, doch es scheint, dass der Pimmel des Exkaisers bei einer Autopsie abgetrennt wurde, sei es versehentlich oder auch heimlich. Das Organ blieb über Jahrzehnte im Familienbesitz des beiwohnenden Priesters, bis es schließlich zusammen mit anderen persönlichen Gegenständen Napoleons nach Amerika verkauft wurde (wobei wohl kein Gegenstand persönlicher war als dieser). Ein paar Jahre danach wurde der Penis ohne jeden Anflug von Ironie im New Yorker Museum of French Art ausgestellt. Die Medien überschlugen sich angesichts des Organs und schrieben wenig schmeichelhaft, es sehe aus wie ein »Streifen misshandeltes Bocksleder«, ein »verschrumpelter Aal« oder eine »drei Zentimeter dicke Weintraube«. Schauen wir mal, wie die Genitalien der Berichterstatter hundert Jahre nach deren Tod aussehen. Denn Schrumpfung gehört bei einer Mumifizierung einfach mit dazu.

Urnen sind so was von out

Ein Vorteil der Kremation ist, dass du deine Asche wortwörtlich Teil von etwas werden lassen kannst, das du liebst. Und wo der eine die Kunst liebt, der andere hingegen den Weltraum oder das Meer, gibt es auch Leute mit richtig abgefahrenen Ideen.

James Booth Warum nicht auch mal ein Instrument des Todes werden? Im Jahr 2004 verlor die Schottin Joanna Booth ihren Ehemann James durch eine schwere Lebensmittelvergiftung. Da sie wusste, dass ihr Mann gerne mit einem – nicht nur im übertragenen Sinne – Knall abgetreten wäre, entwickelte sie eine ziemlich originelle Idee bezüglich des weiteren Schicksals der Asche. James war beim Auktionshaus Sotheby's Spezialist für historische Schusswaffen sowie außerdem selbst Waffensammler und Jäger gewesen. Und da es sich bei dem Zeug, mit dem Patronen für Schusswaffen gefüllt werden, um Pulver handelt – und Asche ebenfalls Pulver ist –, beschloss Joanne, an einen Patronenhersteller heranzutreten und eine nur für sie bestimmte Spezialmischung zu bestellen, die die verbrannten Überreste ihres Gatten enthalten sollte.

Der Hersteller staunte zwar nicht schlecht, nahm den Auftrag aber an und stellte 275 Stück dieser Spezialmunition her. Als weitere Hommage an die glorreichen Waffentage ihres Gatten lud Joanna dessen alte Kumpels zu einer Treibjagd ein, wobei sie die Patronen zuvor noch vom ortsansässigen Pfarrer segnen ließ. Er stimmte zu, denn für ihn handelte es sich bei der Prozedur um das »ganz normale Verstreuen von Asche«. *Normal* muss in Schottland eine besondere Bedeutung haben, was möglicherweise am reichlich vorhandenen Whisky liegen könnte. Die Jagdgesellschaft brachte über einhundert Tiere zur Strecke, unter anderem Rebhühner, Enten, Fasane und einen Fuchs. »Todes«-Munition ist schließlich tödlich. Obgleich James nie selbst darum gebeten hatte, dass man seiner auf die Art gedenkt, versicherte seine Witwe den Lokalzeitungen, dass er das garantiert gut gefunden hätte.

Mark Gruenwald Ein Mann mit weniger blutrünstigem, aber nichtsdestotrotz ziemlich schrägem Geschmack war ein gewisser Mark Gruenwald. Als Mark mit 43 Jahren ganz überraschend an einem Herzinfarkt starb, hatte er fast zwanzig Arbeitsjahre als Autor und Herausgeber von Marvel-Comics hinter sich. Trotz des geringen Alters hatte Mark sich genau überlegt, was mit seiner Asche geschehen sollte, und irgendwie ging sein Wunsch in Erfüllung. Er wollte nämlich selbst ein Comic-Heft werden, indem seine Asche in die Druckerfarbe gemischt und zum Drucken eines Comics verwendet wurde, das dann ganz normal verkauft werden sollte.

Kaum verwunderlich, dass Marvel für diese Sache eher schwer zu gewinnen war. Erst ein Jahr später, es war 1997, stimmten sie zu, dass Marks Witwe seine Asche in die Farben mischen durfte, mit denen 5000 Exemplare eines alten Comics von Mark nachgedruckt werden sollten. Von der Farbe ist längst nichts mehr übrig, nur die Hefte tauchen noch ab und an in irgendwelchen Online-Börsen auf. Nur sollte sich jeder Käufer klarmachen, dass der Typ, der diesen Comic verfasst hat, mehr als man selbst mit Leib und Seele bei der Sache war und in gewisser Weise mitverfolgen kann, wie sehr man die Lektüre genießt. Bleibt nur zu hoffen, dass die Kollegen vom *Playboy* nicht auf dieselbe Idee kommen ...

Sterben? Eher nicht, mein Bester. Kein Barrymore würde zulassen, dass ihm etwas derart Triviales widerfährt.

John Barrymore, Schauspieler (starb 1942)

Die Kirschen in Nachbars Sarg

Grabräuberei ist in der westlichen Welt kaum noch verbreitet, aber das heißt noch lange nicht, dass deshalb plötzlich jeder die Toten respektiert – die Leute sind einfach nur fauler geworden. Grundsätzlich ist es eher so, dass Grabräuber lieber offene Särge leeren, als erst mal mühsam welche auszubuddeln. Wobei das ganze Problem ohnehin erst dadurch entsteht, dass wir uns als Kultur seit den Ägyptern nicht wirklich weiterentwickelt haben und einfach nicht wahrhaben wollen, dass das letzte Hemd keine Taschen hat. Nach wie vor nehmen wir auf die Spritztour ins Jenseits unsere liebsten Dinge mit. Beispiel gefällig?

Bitte sehr: Das Begräbnis von Bradley McCombs war so tragisch wie kaum ein zweites. Er war erst siebzehn, als er am Weihnachtstag des Jahres 2010 bei einem Autounfall ums Leben kam. Doch seine Familie musste rasch erfahren, dass es noch schlimmer kommen konnte. Sie hatte ihm ein paar seiner Lieblingsgegenstände mit in den Sarg gelegt, darunter seinen Gameboy. Dann organisierte das Beerdigungsinstitut die öffentliche Aufbahrung. Im Zusammenhang mit einem offenen Sarg denkt wohl kein Mensch daran, dass irgendein Arschloch den Gameboy klauen könnte, aber genau dieser Fall trat ein. Ein 37-jähriger Mann wurde von der Familie festgehalten und schließlich festgenommen, weil er vor versammelter Gemeinde eine Reihe von Dingen entwendet hatte.

Nun gibt es Gameboys wie Sand am Meer, doch als Randall Joudan starb, war es für seine Freundin klar wie Kloßbrühe, dass er zusammen mit seiner elektrischen Gitarre begraben werden wollte, einer 2000 Dollar teuren Sonderanfertigung. Seine umfangreiche Kollektion teurer Gitarren wurde beim Begräbnis in all ihrer Pracht ausgestellt, mit im Sarg befand sich jedoch – in seinen Armen – die geliebte Fender Telecaster. Das war zu viel für einen Trauergast namens Steven Conrad, der fand, das Instrument sei einfach zu schön, um für alle Zeiten in der Gruft zu verschwinden. Es ist vollkommen unverständlich, wie er die Gitarre aus den Händen des toten Mannes entwenden konnte, ohne dass das jemand mitbekam, aber als man ihn schließlich stellte, sagte er: »Normalerweise mache ich so etwas nicht. Nur habe ich großen Respekt vor schönen Musikinstrumenten.« Auf diese Aussage ließ er dann mit Sicherheit ein wildes Rocksolo folgen. Klar dürfte indessen sein, dass bei diesem Mann die Liebe zur Musik bei weitem größer ist als jedweder Respekt vor den Toten.

Und wer jetzt glaubt, dass es solche Vorfälle nur in Beerdigungsinstituten gibt, kann ganz unbesorgt sein: So gut wie jeder scheint die Augen offen zu halten, ob man nicht irgendwo einen Sarg plündern kann. Mitarbeiter einer Fluglinie, die die Leiche einer Frau von Singapur nach Mumbai überführen sollten, konnten einfach nicht anders, als den Sarg zu öffnen und ihren gesamten Schmuck sowie 900 Dollar Bargeld an sich zu nehmen. Wozu die tote Frau das Geld brauchte, ist unklar, aber vielleicht ist im Zuge der Inflation einfach der Preis für die Überquerung des Flusses Styx nach oben gegangen wie alles andere auch.

Und auch wenn heutzutage kaum noch jemand einen Sarg ausgräbt, ist es nach wie vor so, dass ein vorhandener Schatz das erstrebenswert machen könnte. Der Friedhof in New Jersey, auf dem Whitney Houston begraben wurde, musste 24 bewaffnete Wächter zur Sicherung des Grabes anheuern, nachdem bekannt geworden war, dass sie Schmuck im Wert von 500 000 Dollar bei sich hatte. Hätte sie in Geschichte beim Thema »Ägypten« besser aufgepasst, wäre ihr klar gewesen, dass sie das geradezu herausgefordert hatte.

Sargwettbewerbe

Niemand denkt gern daran, dass eines Tages der Tod eintreten wird. Doch da nun mal Tatsache ist, dass jeder von uns sterben muss: Warum also auf dem Weg nach draußen nicht ein Gratisgeschenk mitnehmen? Das war über die Jahre die Grundidee bei diversen »Gewinne deine Beerdigung«-Preisausschreiben. Stets herrschte große Empörung angesichts der Geschmacklosigkeit solcher Wettbewerbe, aber mal ehrlich: Kann man sich wirklich etwas Praktischeres vorstellen?

Im Jahr 1987 tat sich die in Fredericksburg, Virginia, ansässige Tageszeitung *Free Lance-Star* mit einem örtlichen Bestattungsinstitut für eine Aktion gegen Alkohol am Steuer zusammen. In der Hoffnung, ein paar Menschenleben zu retten, versprach man dem unglücklichen Gewinner ein kostenloses Begräbnis. Leute, die vorhatten, sich am Silvesterabend einen hinter die Binde zu gießen und mit dem Auto heimzufahren, und diesen Vorsatz noch vor den Feiertagen in den Büros der Zeitung anmeldeten, konnten ein kostenloses Begräbnis gewinnen für den Fall, dass diese dumme Entscheidung sie tatsächlich das Leben kostete. Zwar versicherte die Zeitung, Hintergrund der Aktion sei nicht der Wunsch, dass tatsächlich jemand sterbe, sondern dass man die Leute zum Nachdenken bringen wollte, doch im

Grunde bot man den Teilnehmern eine kostenlose Lebensversicherung für eine feuchtfröhliche Silvesterparty mit anschließender Fahrt in den Selbstmord.

Und das war kein Einzelfall. Der Herausgeber der Zeitung hatte ähnliche Preisausschreiben in den vorhergehenden zwanzig Jahren schon in diversen anderen Publikationen veranstaltet. Im Jahr 2007 verfolgte ein anderer Publizist, seines Zeichens Herausgeber der im Bundesstaat Maryland erscheinenden Zeitung *St. Mary's Today*, eine ähnliche Strategie, um seine Leser auf die Gefahren von Alkohol am Steuer hinzuweisen. Der Hauptgewinn für die erste Person, die während der Feiertage in alkoholisiertem Zustand verunglückte, war hier allerdings kein komplettes Begräbnis, sondern ein Sarg. Man kann nur hoffen, dass die Teilnehmer sich das genau überlegt haben, denn Särge sind zwar teuer, stellen aber bei einem Begräbnis keineswegs den größten Posten dar. Dafür zu sterben, lohnt sich also eher nicht.

Im Jahr 2011 setzte ein deutscher Radiosender 3000 Euro für den besten eingesandten Grabspruch aus. Bedingung war allerdings, dass das Geld für eine Sterbeversicherung verwendet wurde, mit der dann irgendwann die Beerdigung des Gewinners bestritten werden sollte. Die Einsendungen mussten nicht unbedingt lustig oder selbsterfunden sein, wobei der Moderator einräumte, dass die Chancen dann besser stünden. Mit der Aktion beabsichtigte man, bei jungen Leuten den Umgang mit dem »Tabu«-Thema anzuregen, also ihr Bewusstsein dafür zu wecken, dass der Tod eine Tatsache ist und jederzeit eintreten kann. Wie sie halt so sind, diese Spaßverderber von Deutschen.

Die Aktion war zwar von einem Bestattungsunternehmer gesponsert, sorgte aber bei anderen Vertretern der Leichenzunft eher für Unmut. Speziell der Bundesverband Deutscher Bestatter e. V. bezeichnete den Wettbewerb als geschmacklos und ging sogar so weit, ein gerichtliches Verbot des Gewinnspiels anzustreben. Mochte die Sache sich also keiner hundertprozentigen Akzeptanz erfreuen, beteiligten sich laut Angaben des Senders über 600 Leute an dem Wettbewerb, dessen Rechtmäßigkeit schließlich auch per Gerichtsbeschluss festgestellt wurde.

*Sterben ist eine blöde und trostlose Angelegenheit.
Ich kann nur jedem raten, damit so wenig wie möglich
zu tun zu haben.*

**W. Somerset Maugham, Dramatiker
und Schriftsteller (starb 1965)**

Galgenhumor

Lustige Grabsteine aus der Photoshop-Werkstatt gibt es im Internet wie Sand am Meer, wobei einige davon tatsächlich echt sind. Spiegeln sie bei manchen Leuten deren Sinn für Humor wider, bieten sie in anderen Fällen der Familie Gelegenheit, sich zu rächen. Durch die Bank sind sie aber zum Totlachen.

Grabsteine im Showgeschäft Die für Jack Lemmon typische Selbstironie zeigt sich auch bei seinem Grabstein. Die Inschrift lautet in voller Länge: »Jack Lemmon in«. Was nichts anderes bedeuten soll, als dass er hier seine letzte Rolle spielt, wie üblich brillant und zum Schreien komisch – nur diesmal als Leiche. Merv Griffin, sowohl Erfinder der populären Quizsendung *Jeopardy!* als auch Moderator einer eigenen Talkshow, hatte ursprünglich angekündigt, sein Grab mit der Inschrift »Stay tuned« (dt. etwa: »Bleiben Sie dran«) zu versehen, doch kurz vor seinem Tod im Jahr 2007 scheint er es sich anders überlegt zu haben, denn tatsächlich steht auf seinem Grabstein: »I will not be back after this message« (»Nach dieser Meldung werde ich nicht zurückkehren«). Mel Blanc, der einer ganzen Reihe von Bugs-Bunny-Figuren seine Stimme geliehen hat, ließ sich auf seinen Grabstein den von ihm berühmt gemachten Spruch »That's all folks« eingravieren (dt. etwa: »Das war's, Leute«).

Grabsteine im Wilden Westen Auch die Revolverhelden des Wilden Westens hatten immer wieder lustige Grabsteine. Der Mörder Robert Clay Allison, der angeblich sogar eine Begegnung mit Wyatt Earp überlebt haben soll, hat zwei Steine auf seinem Grab. Auf dem einen steht, dass er sowohl ein Gentleman als auch ein Revolverheld war, der andere trägt die präzisierende Angabe: »Er tötete niemals einen Mann, der nicht getötet werden musste.«

Der Klub der toten Dichter Ein sehr berühmter, gleichzeitig aber auch extrem abgefahrener Spaß-Grabstein ist der von John Laird McCaffrey auf dem Friedhof Notre-Dame-des-Neiges in Montreal. Auf den ersten Blick wirkt das Gedicht auf seiner letzten Ruhestätte ein bisschen abgedroschen, aber ansonsten ganz okay:

> John,
> Free your body and soul
> unfold your powerful wings
> climb up the highest mountains
> kick your feet up in the air
> You may now live forever
> or return to this earth
> unless you feel good where you are!
> Missed by your friends

(John, befreie deinen Körper und deine Seele, breite deine starken Flügel aus, erklimme die höchsten Gipfel, wirf die Füße in die Luft, du kannst jetzt ewig leben, oder auf diese Erde zurückkehren, es sei denn, du fühlst dich gut, da wo du bist! Deine Freunde vermissen Dich)

Erst bei genauerem Hinsehen entdeckt man die Botschaft, die die ersten Buchstaben jeder Zeile bilden: John, fuck you, missed by your friends. Was wie ein Internet-Scherz aussieht, ist nach Angaben der Website Snopes hundertprozentig echt. Eine lokale Zeitung setzte sich sogar mit dem Mann in Verbindung, der den Grabstein angefertigt hatte, und befragte ihn dazu. Wie er sagte, habe er die Botschaft erst entdeckt, als er mit dem Stein fertig war, wobei die Sache durchaus Sinn mache, denn die Frau und die Geliebte des Verstorbenen hätten den Auftrag erteilt und gesagt, auf die Art sei dieser Typ gut »repräsentiert«. Um dem Ding noch ein wenig Würze zu geben, ließen die Damen außerdem einen Schmetterling einmeißeln. Es war dies nicht der erste lustige Grabstein, den der Steinmetz herstellte. Einmal sollte die Inschrift lauten: »I'd rather be in Boston but my wife buried me here« (»Ich wäre lieber in Boston, aber meine Frau hat mich hier begraben«). Trotzdem: Aus Gründen der Kreativität gewinnt ganz klar der Fuck-you-Stein.

Leben ist angenehm. Der Tod ist friedlich. Sorgen macht mir der Übergang.

Isaac Asimov, Schriftsteller (starb 1992)

Liebe nach dem Tod

Elena Milagro de Hoyos (von ihren Freunden Helen genannt) war erst 21, als sie im Jahr 1931 an Tuberkulose erkrankte. Obgleich ihre Familie alles tat, um sie zu retten – und ein Vermögen für einen angeblichen Tb-Spezialisten ausgab –, starb sie. Helen wurde in einem Mausoleum beigesetzt, das erfreulicherweise der nette deutschstämmige Arzt bezahlte, welcher sie nicht hatte retten können. Ihre Familie war ganz offensichtlich froh über diese Art von Beistand in einer schwierigen Zeit, wobei niemand auch nur den blassesten Schimmer hatte, wie sehr Dr. Carl Tanzler ihrer verstorbenen Tochter zugetan war ...

Im Zuge von Helens Behandlung hatte Dr. Tanzler sich bis über beide Ohren in sie verliebt. Er überschüttete sie mit Geschenken und wertvollem Schmuck. Nur leider war er ausgebildeter Radiologe und keineswegs der Tb-Experte, der er zu sein vorgab. Als Helen starb, dürfte zumindest er nicht sonderlich überrascht gewesen sein, wiewohl doch sehr erschüttert. Nach der Beisetzung im von ihm errichteten Mausoleum stattete er diesem fast jeden Abend einen Besuch ab. Aber irgendwann reichte ihm das nicht mehr.

Rund achtzehn Monate nach Helens Beerdigung fand Tanzler, sie müsse umgebettet werden. Nicht, dass diese Entscheidung allein auf seinem Mist gewachsen war: Wie er berichtete, hatte Helens Geist ihm aufgetragen, ihre Leiche mit zu sich zu nehmen. Was er dann auch tat. Mitten in der Nacht öffnete er das Grab, nahm die Leiche heraus und schaffte sie zu sich nach Hause. Dort steckte er sie in sein Bett, wo sie die nächsten sieben Jahre liegenblieb.

Achtzehn Monate nach ihrem Tod sah Helen natürlich nicht mehr ganz so hübsch aus wie früher, doch Tanzler gab sich

Mühe, sie in Form zu halten. Es setzte ihr Glasaugen ein und verwendete Kleiderbügel, um ihre Knochen beisammenzuhalten. Als ihr Brustkorb einfiel, stopfte er ihn mit Lumpen aus, und die verrottende Haut deckte er mit Gips ab. Es gelang ihm sogar, aus Helens eigenen Haaren eine Perücke zu machen, die er der Leiche aufsetzte. Er achtete darauf, dass sie immer sorgfältig gekleidet war, und verwendete Parfüm – Unmengen von Parfüm –, um den Gestank zu überdecken. Und Nacht für Nacht schlief er neben seiner Geliebten, die im Lauf der Jahre immer mehr wie eine Schaufensterpuppe aussah.

Nach dem Diebstahl der Leiche muss er seine Spuren ziemlich gut verwischt haben, denn niemand schien ihr Fehlen zu bemerken. Als dann im Jahr 1940 das Gerücht aufkam, er habe die Leiche bei sich zu Hause, wollte Helens Schwester der Wahrheit auf den Grund gehen und entdeckte sie. Tanzler wurde verhaftet, aber da sein einziges Verbrechen war, eine Leiche gestohlen zu haben, und die Verjährungsfrist dafür mittlerweile abgelaufen war, ließ man ihn wieder frei. Alle Zeitungen berichteten über die Vorkommnisse, wobei die Mehrheit der Bevölkerung schockierenderweise auf Tanzlers Seite stand. Man sah in ihm weniger den Wahnsinnigen, der er offensichtlich war, als vielmehr den hoffnungslosesten Romantiker aller Zeiten. Was man nicht alles aus Liebe tut ...

Die Leichensynode

In der heutigen Zeit kann das Kardinalskollegium einen Papst wählen, der einstmals in der Hitlerjugend war, und niemand zuckt auch nur mit der Wimper. Im Mittelalter war die Wahl eines Papstes allerdings eine grausame und oft auch tödliche Angelegenheit. Päpste wurden abgesetzt, ermordet und nach ihrem Tod auch gerne mal zu Gegenpäpsten erklärt. So gut wie jedes Mittel war erlaubt, um eine andere italienische Herrscherfamilie auf den Heiligen Stuhl zu bringen. Doch im Jahre des Herrn 897 katapultierte Papst Stephan VI. den Hass auf einen Vorgänger noch eine Stufe höher, als er eine Synode einberief, die unter der Bezeichnung »Leichensynode« in die Geschichte einging.

Papst Formosus war jetzt nicht der allertollste Papst der Geschichte, aber ganz so schlimm scheint er auch nicht gewesen zu sein. Er hatte auch nicht wirklich Zeit, viel zu bewegen, denn nach seiner Wahl zum Kirchenoberhaupt lebte er gerade mal fünf Jahre. Nur hatte er einfach das Pech, zu einer Zeit Papst zu sein, als in Italien in Sachen Politik ein gewaltiges Durcheinander herrschte – wobei man sagen muss, dass sich da in den letzten 1100 Jahren nicht viel verändert hat. Es hätte allerdings auch schlimmer sein können. Auf den verstorbenen Formosus folgte als neuer Papst Bonifatius VI., dessen Pontifikat gerade mal vierzehn Tage dauerte. Sein plötzlicher Tod sorgte für Aufsehen, zumal schnell ersichtlich wurde, dass der ganz neue Papst Stephan VI. ordentlich einen an der Waffel hatte.

Knapp ein Jahr nach dem Tod von Formosus ließ Stephan VI. ihn aus seinem Grab am Vatikanischen Hügel holen und vor Gericht stellen. Ungeachtet der Tatsache, dass die Leiche bereits am Verwesen war, ließ Stephan sie in päpstliche Gewänder stecken und auf den Thron setzen. Da eine Leiche, wie man weiß, nicht recht in der Lage ist, sich vor Gericht zu verteidigen, platzierte Stephan jemanden hinter dem Thron, der auf die von ihm erhobenen Vorwürfe »antworten« musste. Formosus wurde beschuldigt, sich die Wahl zum Papst durch Lug und Trug erschlichen zu haben; außerdem warf man ihm vor, gar nicht richtig ordiniert zu sein. Im Fall eines Schuldspruchs hätte das bedeutet, dass sämtliche von ihm als Papst getroffenen Entscheidungen null und nichtig wären, denn dann wäre er ja auch nie Papst gewesen. Traurigerweise hatte der Typ hinter dem Thron zu seiner Verteidigung recht wenig vorzubringen, weshalb Formosus verurteilt wurde.

Man zog der Leiche die päpstlichen Gewänder aus und hackte ihr die drei Schwurfinger der rechten Hand ab. Nachdem Stephan zunächst erlaubt hatte, die Leiche auf einem Friedhof außerhalb des Vatikans beizusetzen, überlegte er es sich anders. Er ließ den armen Formosus wieder ausgraben und in den Tiber werfen.

Er wurde allerdings rehabilitiert. Einerseits versicherte man sich seiner Leiche und begrub sie endgültig im Vatikan, andererseits wurde Stephan abgesetzt, ins Gefängnis gesteckt und schließlich getötet. Dann fand eine weitere Synode statt (diesmal dankenswerterweise ohne Zurschaustellung einer Leiche), bei der alle päpstlichen Beschlüsse von Formosus bestätigt wurden. Und um die Möglichkeit einer endlosen Abfolge von Leichensynoden auszuschließen, sprachen sich die Kardinäle mehrheitlich dafür aus, Gerichtsprozesse für Leichen in Zukunft nicht mehr zuzulassen. Hat ja auch lange genug gedauert.

Von der Kunst, den eigenen Tod vorzutäuschen

Wenn man eines in der Schule gelernt hat, dann das: *Romeo und Julia* ist die romantischste Geschichte aller Zeiten. Und was tut Julia, um ihre Probleme zu lösen und endlich mit Romeo zusammen sein zu können? Sie täuscht den eigenen Tod vor. Wahrscheinlich haben die meisten an dem Punkt mit dem Lesen aufgehört, aber unserer Meinung beweist das Ende, dass es sich hier um eine, nun ja, todsichere Möglichkeit handelt, um genau das zu kriegen, was man will.

Im wirklichen Leben haben sich die Menschen allerhand einfallen lassen, um den eigenen Tod vorzutäuschen, wobei es meist darum ging, sich einer Strafverfolgung zu entziehen – der Aufwand ist nämlich viel zu groß, wenn es nur darum geht, aus einem Blind Date rauszukommen. Wir wissen von mindestens zwei Personen, die im Zusammenhang mit den Anschlägen vom 11. September ihren Tod vorgetäuscht haben. Die eine wollte sich einer Verfolgung wegen Passvergehen entziehen, die andere tat es, damit ihre Familie die Lebensversicherung kassieren konnte.

Connie Franklin Im Jahr 1929 versuchte Connie Franklin, seinen Tod vorzutäuschen. Als jedoch irgendwann festgestellt wurde, dass er sich bester Gesundheit erfreute, kam er in die missliche Situation, bei seinem eigenen Mordprozess aussagen zu müssen. Der Angeklagte hatte, nachdem ihm Franklins »Tod« zu Ohren gekommen war, die Behörden auf irgendwelche Überreste hingewiesen, deren »Erzeugung« man ihm daraufhin vorwarf. Da man davon ausgehen musste, dass es sich um niemand anderen als Franklin handelte, hatte sein Auftauchen zur Folge, dass er als Entlastungszeuge aufgerufen wurde, wobei die Verteidigung argumentierte, dass er ja quicklebendig sei und der Angeklagte deshalb nicht wegen Mordes verurteilt werden könne. Das hat zugegebenermaßen eine gewisse Logik.

Timothy Dexter Der armseligste Grund für das Vortäuschen des eigenen Todes dürfte sein, dass man wissen will, wie viele Leute zum Begräbnis kommen. Timothy Dexter war ein exzentrischer, wiewohl populärer Schriftsteller des 18. Jahrhunderts, der irgendwann wissen wollte, wie viel Trauer sein Tod wohl auslösen würde. Zwar kamen über 3000 Leute zum Begräbnis, aber nicht alle bestanden die ihnen unwissentlich auferlegte Prüfung. Wer komplett versagte, war seine Frau: Völlig stoisch saß sie am Sarg, ohne eine einzige Träne zu vergießen. Dexter informierte die anwesenden Trauergäste über seine Rettung, indem er seine Gattin vor versammelter Mannschaft zur Schnecke machte und ihr mangelnde Trauer über sein vermeintliches Ableben vorwarf. Angesichts des ganz offensichtlich kritischen Geisteszustands ihres Gatten kann man sich nur wundern, dass die Frau nicht um den Sarg herumgetanzt war und sich laut schreiend über die neugewonnene Freiheit gefreut hatte.

Amir Vehabovic Im Jahr 2007 hatte der 45-jährige Bosnier Amir Vehabovic die gleiche Idee wie Dexter. Aber wo der gute Timothy erst einmal in den Genuss einiger schmeichelnder Nachrufe gekommen war, bevor er durch Unmutsäußerungen das Begräbnis unterbrach, war Amir von Anfang an stinksauer. Ihm war es beim Vortäuschen des eigenen Todes darum gegangen, zu sehen, wie viele Leute beim Begräbnis aufkreuzten, deshalb war er recht erschüttert, als er die Antwort hatte – nur eine Person kam. Seine Mutter. Wutentbrannt schrieb er seinen »Freunden« einen Brief, in dem er ihnen mitteilte:

»Ich habe für viel Geld eine falsche Sterbeurkunde besorgt und Totengräber bestochen, damit ein leerer Sarg begraben wird. Ich dachte, dass viel mehr von euch, meinen sogenannten Freunden, kommen würden, um mir die letzte Ehre zu erweisen. Zumindest weiß ich jetzt, auf wen ich zählen kann und auf wen nicht.«

Man hätte allerdings von vorneherein wissen können, dass Leute, die mit einem potentiellen Todessimulanten abhängen, nicht die Zuverlässigsten sind. Vollidioten eben.

Wie man Begräbnisse noch schlimmer macht

Als ob die Teilnahme an einem Begräbnis nicht schon für sich genommen eine elende Angelegenheit wäre, bietet eine Firma in Irland jetzt auch noch einen Service an, den echt niemand braucht – Clowns beim Begräbnis. Im Ernst. Irgendjemand dachte wohl ernsthaft, die Verwendung von Dingen, die so durch und durch grauenhaft sind, dass Stephen King einen Roman darüber schreiben musste, könne die Stimmung bei einem ohnehin schon ziemlich grauenhaften Ereignis ein wenig anheben.

Was sich wie die schlimmste Idee in der Geschichte der Menschheit anhört, hat jedoch affirmierende Vorläufer. Die Römer, die, wie man sich vielleicht erinnert, ihren Begräbnissen bereits blutige Sportarten hinzugefügt hatten, kamen zu dem Entschluss, dass diese ganze Abmurkserei langsam deprimierend wurde und man dringend etwas brauchte, was die Angelegenheit ein wenig erfreulicher machte. Ihrem total kranken und verkorksten Denken gemäß konnte man die Leute am besten dazu bringen, über den verzweifelt vermissten Angehörigen zu lachen, indem man einen professionellen Spaßmacher engagierte und in die Klamotten des Verstorbenen steckte. Um die Ähnlichkeit zu erhöhen und somit noch effektiver zu sein, trug der Spaßmacher zudem eine speziell angefertigte Maske. Stell dir vor, du gehst zum Begräbnis deines Großvaters und triffst am Sarg auf einen Typen mit Halloween-Maske. Die natürliche Reaktion wäre wohl für unsereins, blitzschnell das Weite zu suchen, aber im alten Rom wurde diese Praxis fester Bestandteil von Begräbnissen. Wobei gesagt werden muss, dass diese Leute auch ganz schön viele Drogen nahmen.

Die Aufgabe des Begräbnisnarren war, neben dem Leichenzug herzutanzen und sich zum, wie der Name schon sagt, Narren zu machen. Außerdem musste er immer wieder zu Mitgliedern der Trauergemeinde rennen und Scherze auf Kosten des Verstorbenen reißen. All dies zeugt natürlich von einem intensiven Respekt gegenüber den Toten. Beim Begräbnis von Kaiser Vespasian machte der offiziell engagierte Narr Witze darüber, wie furchtbar teuer das alles sei und ob man dem Staat nicht lieber ein wenig Geld sparen und die Leiche in den Fluss werfen wolle.

Im Jahr 2009 gründeten zwei Amateurclowns die Gruppe Dead Happy Ireland, die eine Art modernes Äquivalent des römischen Narren darstellt und sich als »führende Clowntruppe für Begräbnisse« versteht. Mitbegründer John Brady hatte die Idee dafür, als er zum Spaß sagte, er würde eigentlich am liebsten in seinem Clownskostüm begraben werden. Offenbar war er nicht zufrieden damit, die Menschen nur zu Lebzeiten in Angst und Schrecken zu versetzen. Obwohl keiner der Bestattungsunternehmer, denen die Clowns ihre Dienste anboten, jemals bezüglich eines oder gar mehrerer Clowns angefragt worden war – vermutlich war selbst in Irland kein Mensch jemals besoffen genug, um etwas Derartiges gut zu finden –, machten sich Brady und sein Partner unbeirrt ans Werk. Mittlerweile ist es auf der Grünen Insel völlig unproblematisch, für Totenwache, Begräbnis oder sonstige Zeremonie am Grab einen professionellen Clown zu mieten, und das für läppische 150 Euro. Brady verspricht allen potentiellen Kunden, dass die Trauergäste seine Späße goutieren werden und dass auch etliche Standardtricks zum Einsatz kommen: »Wir haben spritzende Blumen dabei und machen Luftballontiere. Wenn Sie wollen, fallen wir auch aus Versehen ins Grab. Lassen Sie Ihren verstorbenen Angehörigen mit einem Lächeln hinabsteigen.« Und schicken Sie alle Gäste schreiend nach Hause, könnte man noch hinzufügen. Leider scheint dieser Trend um sich zu greifen, denn gerüchteweise treten Begräbnisclowns auch in anderen europäischen Ländern auf. Einer von ihnen soll besonders gut darin sein, bei extrem traurigen Stellen der Zeremonie einen fahren zu lassen. Das hat echt Klasse.

Wenn man 100 Jahre alt wird, ist man aus dem Schneider, denn kaum jemand stirbt jenseits der 100.

George Burns, Komiker (starb 1996 – im Alter von 100 Jahren)

Begräbnis-Crasher

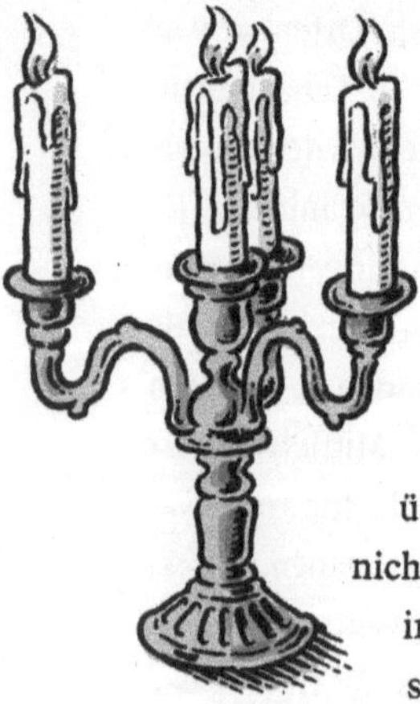

Jeder kennt das. Man trifft sich mit ein paar Freunden, um einen zu heben, doch dann wird daraus eine wilde Kneipentour und man wacht irgendwann im Straßengraben auf und stellt fest, dass man für tot gehalten wird. Okay, vielleicht ist das ein bisschen übertrieben und deine verrückteste Nacht war nicht ganz so schlimm. Wie jedoch ein Brasilianer im Jahr 2009 erfahren musste, kann der Umstand, zu betrunken zu sein, um den Leuten sagen zu können, dass man nicht tot ist, zu einem ganz schön unangenehmen Begräbnis führen.

Der 59-jährige Ademir Jorge Gonçalves hatte seine Familie nicht darüber informiert, dass er sich an einer Lkw-Raststätte ein paar Drinks genehmigte, deshalb wusste die auch nicht, wo er steckte. Das wurde zum Problem, als ein Mann, der Gonçalves ähnlich sah, an diesem Abend bei einem Autounfall ums Leben kam und der Großteil der Familienmitglieder, die die Leiche identifizieren mussten, bestätigte, es handele sich dabei um ihren in Wahrheit quietschlebendigen Verwandten. In manchen Teilen der Welt hätte all dies in dem Moment aufgeklärt werden können, in dem Gonçalves seinen Rausch ausgeschlafen hatte, doch gemäß brasilianischer Tradition fand das Begräbnis gleich am darauffolgenden Tag statt.

Da war Gonçalves mittlerweile erwacht (vermutlich stinkend wie der Tod, aber definitiv lebendig), und als er wieder in die Stadt kam, erfuhr er nicht nur, dass er eigentlich für tot gehalten wurde, sondern dass er außerdem auch noch sein eigenes Begräbnis verpasste. Sofort rannte er los, um die Trauerfeier zu stoppen. Der Wahnsinn wurde noch dadurch gesteigert, dass das alles am brasilianischen Tag der Toten passierte, was nichts anderes bedeutete, als dass er bei seinem eigenen Begräbnis aufkreuzte – an Halloween. Mal ehrlich: Fällt jemandem etwas ein, das die Leute mehr zum Ausrasten bringen würde? Wohl kaum. Als Gonçalves bei laufender Zeremonie das Bestattungsinstitut Funerária Rainha das Colinas betrat, bekamen es ein paar seiner Angehörigen so mit der Angst, dass sie versuchten, aus dem Fenster zu springen. Wenn das geklappt hätte, wäre wohl doch noch einer aus der Familie in den Genuss des Sarges gekommen. Der Institutsbesitzer sagte, er hätte in zehn Jahren der Bestattungstätigkeit nichts Derartiges erlebt. Hoffen wir mal, dass Gonçalves so geistesgegenwärtig war, die Türen weit aufzureißen und die Gäste mit passenden Worten aus einer Situation zu retten, wie sie wohl die wenigsten erleben dürfen.

Im Nachhinein sagten ein paar der Anwesenden, sie hätten durchaus Zweifel an der Identität des Toten gehabt. Und beim Begräbnis selbst hatte auch die Mutter nicht glauben wollen, dass der Typ im Sarg wirklich ihr Sohn war. Der Bestattungsunternehmer hatte das auf den Umstand geschoben, dass die Leute ungern tote Menschen betrachten, speziell solche, die bei einem Autounfall derart verstümmelt wurden, dass man sie kaum mehr erkennt. Schon nachvollziehbar.

Abgesehen von dem ganzen Todesdingens gab es für die Leiche allerdings gute Neuigkeiten, denn am selben Tag meldete eine Familie ihren Sohn als vermisst. Der Tote wurde der Familie zurückgegeben und schlussendlich wohl unter seinem richtigen Namen beerdigt.

Drive-in-Bestattungen

Ein Begräbnis zu besuchen, ohne aus dem Auto aussteigen zu müssen, mag einem recht originell vorkommen, dabei ist die Idee der Drive-in-Bestattungen schon über 45 Jahre alt. Im Jahr 1968 machte das in Atlanta ansässige Bestattungsunternehmen Thornton Mortuary die US-Bevölkerung mit diesem neuen Ansatz bekannt. An der Vorderfront des Gebäudes gab es fünf Räume mit großen Glasfenstern, durch welche die Besucher hineinsehen konnten. Die Autos konnten langsam vorbeifahren, und die Trauergäste hatten Gelegenheit, einem im Inneren des Gebäudes Aufgebahrten die letzte Ehre zu erweisen. Für den Fall, dass jemand ein Kondolenzschreiben hinterlassen wollte, war vor jedem Fenster ein Briefkasten angebracht.

Die Idee wurde rasch von einer anderen Stadt aufgegriffen, aber aus vollkommen anderen Gründen. 1974 griffen Gewalttätigkeiten von Gangs in Compton, einem Stadtteil von Los Angeles, auch auf Beerdigungen über. Wenn ein Bandenmitglied ums Leben kam, wusste die rivalisierende Gang, dass das Begräbnis eine gute Gelegenheit bot, noch mehr Gegner kaltzumachen. Die Vergeltungsmaßnahmen eskalierten und brachten zunehmend auch unschuldige Familienmitglieder in Gefahr. Robert Lee Adams senior sah hier sowohl eine Marktlücke als auch eine Möglichkeit, den Leuten mehr Sicherheit zu bieten. Er richtete bei sich zu Hause ein Drive-in-Bestattungsunternehmen ein, dessen Vorderfenster vom Boden bis zur Decke reichte und aus Panzerglas bestand. Rasch wurde daraus ein richtiggehendes Wahrzeichen der Stadt, und auch ganz normale Leute bestellten Drive-in-Bestattungen für ihre Angehörigen oder sogar sich selbst. Für eine ganze Reihe von Lokalpolitikern und anderen bedeutenden Einwohnern wurden hier die Begräbnisfeierlichkeiten abgehalten, denn die Anzahl der Trauergäste wird allein durch den Verkehrsfluss reglementiert. Nicht einmal im Tod entkommt man also dem Verkehrschaos von Los Angeles.

Innerhalb kürzester Zeit gab es in den USA ein halbes Dutzend anderer Bestattungsunternehmen mit Drive-in-Möglichkeit, unter anderem auch in Florida und Louisiana. Im Jahr 1987 begann dann ein in Chicago ansässiger Leichenbestatter, die ganze Sache ein wenig zu technisieren. Waren andere Institute durch die Anzahl ihrer mit Fenstern versehenen Räume sowie ihre Öffnungszeiten eingeschränkt, installierte das Unternehmen Gatling's Chapel Außenbildschirme, über die man die innen aufgebahrten Leichen 24 Stunden am Tag betrachten konnte. Wenngleich Herr Gatling sich durch Vergleiche mit einem Fastfood-Drive-in angegriffen fühlt, sind die Ähnlichkeiten nicht sonderlich schwer auszumachen. Um eine Leiche sehen zu können, drückt der Fahrer auf einen Knopf und »bestellt« sie bei den Mitarbeitern des Instituts. Dann erscheint die verstorbene Person für drei Sekunden auf dem Bildschirm, wobei man sie durch weiteres Drücken des Knopfes so lange betrachten kann, wie man will – oder zumindest, bis der Fahrer hinter einem zu hupen beginnt.

Auch wenn diese Drive-in-Besuche sich in den USA nicht wirklich durchsetzen konnten, bezeichnen manche Leute sie nach wie vor als Zukunft der Trauerbekundung. Und die Vorteile liegen auf der Hand: Zunächst müssen die Älteren nicht aus dem Auto aussteigen; dann brauchen diejenigen, die sich fürchten und eigentlich wegbleiben würden, weniger Angst zu haben; und schließlich haben Kinder nicht die geringste Chance, die Andacht zu stören. Außerdem muss niemand einen Parkplatz im Zentrum suchen, und Leute mit ungewöhnlichen Arbeitszeiten können trauern, wann es ihnen möglich ist. Entscheidender Vorteil ist allerdings, dass niemand in ein und demselben Raum mit den Verwandten sein muss, die sich wegen des Testaments bereits in den Haaren liegen.

Sterben, Verb: plötzlich aufhören zu sündigen.
Elbert Hubbard, Künstler (starb 1915)

»Immer Ärger mit Bernie« – in echt

Wer glaubt, dass die Handlung der Kultkomödie *Immer Ärger mit Bernie* (1989) in Wirklichkeit nie stattfinden könnte, der täuscht sich gewaltig. Denn allem Anschein nach gibt es Menschen, die bei Entdeckung eines vermeintlich Toten keineswegs den Notarzt rufen, sondern mit der Leiche Party machen.

Im Jahr 2011 betrat Robert Young die Wohnung seines Freundes Jeffrey Jarrett und fand diesen regungslos vor. Young schwört Stein und Bein, er hätte keine Ahnung gehabt, dass Jarrett tot war, aber auch so kann man sich keine Situation vorstellen, in der es Sinn machen würde, einen leblosen Mann zum Auto zu tragen und in die Kneipe mitzunehmen. Unterwegs hielt Young dann noch an, um den weiteren Freund Mark Rubinson aufzugabeln, welcher zum Glück putzmunter war. Gemeinsam mit ihrem toten Freund gondelten die beiden in die Stadt und stürzten sich ins Nachtleben. Als Erstes hielten sie an einer Bar, um auf den guten Jeffrey anzustoßen. Durch die ganze Trauer vermutlich hungrig geworden, gingen sie im Anschluss erst mal Nachos essen. Und schließlich besuchten sie ein Striplokal, denn würdevoller als mit einem ordentlichen Lap-Dance kann man einem Verstorbenen die Ehre nicht erweisen. Sehr zum Nachteil von Mister Jarrett musste er jedoch im Auto bleiben und verpasste so den ganzen Spaß. Doppelt unfair wurde das alles noch dadurch, dass seine lebenslustigen Freunde sich für den Abend seine Kreditkarte geliehen hatten und die Stripperinnen sowie sämtliche Getränke auf ihn gingen.

Um vier Uhr morgens, also knapp fünf Stunden, nachdem Young die Leiche entdeckt hatte, brachten die Freunde ihren toten Kumpel nach Hause und steckten ihn ins Bett. Erst dann hielten sie einen Streifenwagen an und informierten die Beamten, dass mit ihrem Freund möglicherweise etwas nicht stimmte. Wenngleich die Männer steif und fest behaupteten, ihnen sei überhaupt nicht klar gewesen, dass der Tote an so etwas Ernstem wie dem Tod leide, hieß es im Polizeibericht, Jarrett sei »ganz offensichtlich tot« gewesen. Als die Vorkommnisse vollständig rekonstruiert waren, wurden die beiden Männer wegen Identitätsbetrugs, krimineller Nachahmung und Leichenmissbrauchs festgenommen. Bezüglich der geringeren Vergehen bekannten sie sich dann schuldig. Jarrett war in der Sache nicht vernehmungsfähig.

Und auch wenn seine Freunde nie versuchten, irgendjemanden davon zu überzeugen, dass der gute Jeffrey am Leben war, gibt es genug andere Leute, die so etwas tun – und zwar mehr, als man glauben mag. Denn leider kostet es ein Schweinegeld, eine Leiche über weite Entfernungen zu verschicken. Angesichts des Umstands, dass ein Angehöriger das Zeitliche an einem Ort gesegnet hat, der Hunderte oder gar Tausende von Kilometern von dem Ort entfernt ist, an dem er begraben werden soll, versuchen Leute immer wieder, den Toten an Bord eines Flugzeugs zu bringen, indem sie behaupten, er lebe noch. Flugbegleiter kennen jedoch längst die Warnzeichen: ein älterer Mensch, meist schon ergraut, mit Sonnenbrille im Gesicht und »schlafend«, geschoben von einer jüngeren Person. Ein Mann in Miami war da kreativer und versuchte immerhin, seine Mutter in einem Wäschesack zu verstecken und auf die Art ins Flugzeug zu schmuggeln. Von anderen Familien weiß man, dass sie die Überbleibsel verstorbener Angehöriger in große Koffer gezwängt haben, was dem Wort Familiengepäck eine völlig neue Bedeutung verleiht.

Wo ein Wille ist …

Wenn man einmal tot ist, hat man nicht mehr viel mitzureden, und zwar bei, na ja, gar nichts. Sollten weder deine Freunde noch deine Familie auf Ouija-Bretter stehen, verlierst du in dem Moment, in dem du aus den Latschen kippst, komplett dein Mitspracherecht. Rein rechtlich gesehen muss deine Familie nicht einmal das ausführen, was du dir für dein Begräbnis überlegt hast. Sollte dein innigster Wunsch gewesen sein, ins All geschossen zu werden, was sie aber für Geldverschwendung halten – Pech gehabt. Um also die Kontrolle auch über die Zeit nach deinem Tod zu behalten, gibt es zwei Möglichkeiten: (1) Finde heraus, wie du als Geist wiederkehren und deine Verwandten heimsuchen kannst, bis sie tun, was du willst, oder (2) Hinterlasse ein total krankes Testament.

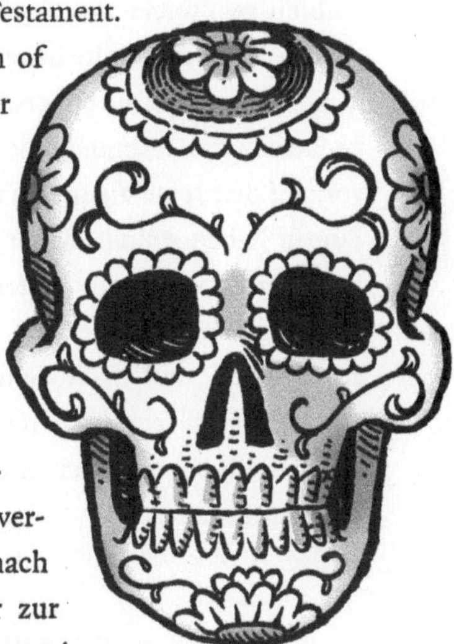

Die Geschäftsfrau und »Queen of Mean« Leona Helmsley vererbte ihr gesamtes Vermögen ja bekanntermaßen an ihren Hund, was indessen eine gängigere Praxis ist, als man glauben sollte. Und ein kanadischer Rechtsanwalt namens Charles Vance Millar löste in Toronto eine Art Miniatur-Babyboom aus, indem er den Großteil seines Erbes derjenigen Frau versprach, die in den zehn Jahren nach seinem Tod die meisten Kinder zur Welt brachte. Vier Frauen schafften es, in diesem Zeitraum je neun Kinder zu produzieren, und konnten sich das Preisgeld teilen. Was das Verarschen von Verwandten angeht, kann einem gewissen Wellington R. Burt allerdings niemand das Wasser reichen.

Als dieser Holzbaron im Jahr 1919 verstarb, besaß er fast hundert Millionen Dollar, das entspricht heute etwa 1,2 Milliarden. Als Angehörige eines der zehn reichsten Männer von ganz Amerika warteten die Mitglieder seiner Familie sicherlich gespannt auf die Testamentseröffnung. Sie sollten jedoch den Schock ihres Lebens erhalten. Von seinen sieben Kindern hatte Burt nur eines gemocht, und selbst dieses lag ihm offenbar nicht wirklich am Herzen. Um es seiner entsetzten Familie heimzuzahlen, hatte Burt eine »Gehässigkeitsklausel« in sein Testament eingebaut. Jedem seiner Kinder hinterließ er zwar ein paar tausend Dollar (das war weniger, als die Haushälterin bekam), aber den Rest des Vermögens stellte er keineswegs für wohltätige Zwecke zur Verfügung. Nein, er wollte das Geld durchaus in der Familie halten, nur eben nicht im Besitz der Familienmitglieder, die er persönlich gekannt hatte. Dementsprechend sah das Testament die Einrichtung eines Treuhandfonds vor, auf den seine eigenen Kinder und deren Enkel gar keinen Zugriff haben sollten, deren Nachkommen dann erst 21 Jahre nach dem Ableben des letzten, ihm selbst noch persönlich bekannten Enkels. Diese Bedingung wurde schließlich im Jahr 2011 erfüllt, und nach dem üblichen rechtlichen Hickhack konnten zwölf seiner Nachfahren im Alter von 19 bis 94 Jahren jenes stattliche Sümmchen unter sich aufteilen. So viel zum Thema Absahnen.

Es ist ratsam, jung zu sterben, das jedoch so spät wie möglich.

Ashley Montagu, Anthropologe (starb 1999)

Frozen Dead Guy Days – Tage des tiefgefrorenen toten Typen

Bredo Morstøl verstarb 1989. Als früher Vertreter der Kryonik-Bewegung wollte er, dass seine Leiche in einer kalifornischen Einrichtung tiefgekühlt wird. Weil aber seine Verwandtschaft noch schräger drauf war als er selbst, blieb er dort nicht sonderlich lange. Im Jahr 1993 holte sein Enkel Trygve Bauge die Leiche ab und schaffte sie nach Nederland, Colorado. Problematisch war dabei, dass es in diesem Bergstädtchen kein Kryonik-Institut gab, in dem man die tiefgefrorene Leiche hätte einlagern können. Davon ließ Bauge sich allerdings nicht beirren. Vielleicht dachte er: Was die Profis können, kann ich schon lange – jedenfalls verstaute er Großvaters Leiche in einem Schuppen hinter dem Haus seiner Mama.

Irgendwie gelang es Mutter und Sohn, die Sache geheim zu halten, und das, obwohl Monat für Monat fast eine Tonne Trockeneis angeliefert werden musste, um den Opa im gekühlten Zustand zu bewahren. Erst als Bauge, seines Zeichens norwegischer Staatsbürger, wegen seines abgelaufenen Visums die USA verlassen musste und seiner Mutter eine Zwangsräumung drohte, kam die Sache ans Tageslicht. Dass sie rausflog, weil sie im Haus weder elektrische Leitungen noch ein Abwassersystem installiert hatte, schien der guten Frau weniger Sorgen zu machen als der Umstand, dass bei ihrem Weggang Morstøls Leiche auftauen würde, bevor eine neue Bleibe für ihn gefunden war.

Eine Zeitung berichtete darüber, doch anstatt sich über diese Leiche im Eis aufzuregen, liefen die Einheimischen Sturm, um sie bei sich behalten zu können. Die Stadtverwaltung erließ eine neue Bestimmung (eine solche schien plötzlich aus irgendeinem Grund nötig), die mehr oder weniger besagte: »Hey, keine toten Leute in der Wohnung«, gleichzeitig aber auch eine explizite Großvaterklausel enthielt, nach der Morstøls Leiche bleiben konnte, wo sie war.

Die Stadt war vollkommen begeistert von diesem tiefgefrorenen toten Typen. Nicht nur spendeten die lokalen Gewerbetreiber Geld und technische Ausrüstung für sein Kryonik-»Institut« Marke Eigenbau, man organisierte sogar ein jährliches

Festival zu seinen Ehren und gab diesem die passende Bezeichnung »Frozen Dead Guy Days«. Jeweils am ersten Märzwochenende nehmen Einheimische und Besucher seither an Dead Guy Lookalike Contests, Sargwettrennen und Besichtigungen von Morstøls Schuppen teil. Doch obwohl das Festival überaus populär ist und jedes Jahr um die 10 000 Besucher anlockt, ist seine Zukunft ungewiss. Im Jahr 2012 forderte nämlich Bo Shaffer, der Mann, der achtzehn Jahre lang jeden Monat fast eine Tonne Trockeneis in den Schuppen geschafft hatte, eine Gehaltserhöhung, um die Verteuerung des Sprits, den er bei seiner jeweils vierstündigen Fahrt verbrauchte, als auch die gestiegenen Trockeneispreise ausgleichen zu können. Als sein Antrag abgelehnt wurde, drohte er, die Arbeit niederzulegen. Shaffer sagt, die ganze Sache täte ihm wahnsinnig leid, aber nur so könne er sich die Aufmerksamkeit verschaffen, die er für seinen Einsatz verdiene. Der mittlerweile wieder in die USA zurückgekehrte Bauge revanchierte sich, indem er drohte, er werde den Großvater in ein richtiges Kryonik-Institut im Bundesstaat Michigan überführen lassen. Aber komme, was da wolle: Die Bürger von Nederland, Colorado, haben verkündet, sie würden ihren gefrorenen toten Typen zwar mit Sicherheit sehr vermissen – das Festival zur Not aber auch ohne ihn durchziehen. Die Show muss ja schließlich weitergehen ...

Nichts ist sicher außer Sport und Begräbnissen

Sportfans sind krank im Kopf. Die fanatischsten von ihnen bedecken ihre Körper mit Tattoos ihrer Lieblingsmannschaften, spenden Blut, um die Saisonkarte kaufen zu können, und benennen sogar ihre Kinder nach den Helden der von ihnen verfolgten Matches. Doch ab und an trifft man auf jemanden, dem die lebenslange Hingabe immer noch nicht reicht und der seine Gefolgschaft selbst über den Tod hinaus fortsetzt.

Als Roy Miracle, ein Riesenfan des Ohio-State-Footballteams, irgendwann den Löffel abgab, forderte ihm seine Familie eine letzte Demonstration seiner Anhängerschaft ab. Im offenen Sarg liegend, bildete er das perfekte »I« des Schriftzugs OHIO, dessen drei weitere Buchstaben von seinen Familienmitgliedern pantomimisch dargestellt wurden, während sie strahlend in die Kamera lächelten. Das Bild wurde im Netz rasch berühmt, doch viele Fankollegen fragten sich, warum Roy in einem derart langweiligen Sarg beerdigt wurde, wo er doch so ein Riesenfan war.

Denn Tatsache ist, dass Särge und Urnen in Vereinsfarben einen überraschend lukrativen Geschäftsbereich darstellen. Alle großen College-Teams in Amerika sind lieferbar, und Hardcore-Fans wie die von Texas A&M betreiben ganze Websites mit Begräbniszubehör für diejenigen unter den Ehemaligen, die ihre Touchdowns mittlerweile auf dem großen Footballfeld im Jenseits machen. Manche Särge belegen die Anhängerschaft eher verhalten und beschränken sich auf die seitliche Inschrift des Vereinsnamens, andere hingegen, und aus irgendeinem Grund vor allem die aus dem Umfeld des amerikanischen Motorsportverbands NASCAR, sind sowohl innen als auch außen mit Logos versehen – sowie zudem einer schwarz-weißen Fahne, die anzeigt, dass das Rennen hiermit für dich zu Ende ist.

Aber egal, wie besessen all diese amerikanischen Football- oder Baseballfans auch sein mögen, gegenüber Fußballfans sind sie echte Waisenknaben. In manchen Ländern werden Leute dafür ins Grab geschickt, dass sie Fans einer bestimmten Mannschaft sind, und möglicherweise ist das schönste Spiel der Welt nirgendwo tödlicher als in Kolumbien. Dort wurde der Nationalspieler Andrés Escobar ganz offenbar ermordet, weil er bei der WM 1994 ein Eigentor geschossen hatte. Ein ebenfalls aus Kolumbien stammender Teenager verwandelte diesen Trend jedoch ins Gegenteil. Nachdem der siebzehnjährige Christopher Jacome im Jahr 2011 beim Freizeitfußball ermordet worden war, waren seine Freunde der Meinung, er müsse zumindest ein letztes Mal bei einem Spiel seiner Lieblingsmannschaft dabei sein. Irgendwie gelang es ihnen, Jacomes Sarg an der Security vorbei ins Stadion zu schmuggeln, wo sie ihn dann über die gesamten neunzig Minuten hochhielten. Das war zwar eine schöne Demonstration ihrer Solidarität mit dem jungen Mann, trotzdem zeigte sich der Klub vollkommen unbeeindruckt und stellte Untersuchungen an, wie zum Teufel die Leiche ins Stadion gelangen konnte. Der Vereinsarzt fasste die Dinge zusammen: »Dies ist der einzige Ort auf der Welt, an dem so etwas passiert ist.« Sieht ganz so aus, als sei der Typ noch nie bei einem Meat-Loaf-Konzert gewesen.

Der Tod wird eine echte Erleichterung sein. Keine Interviews mehr.

Katharine Hepburn, Schauspielerin (starb 2003)

Mit einem Fuß im Käfig

Die Überzeugung, dass die meisten Leute nach ihrem Tod ein ordentliches und respektvolles Begräbnis erhalten sollen, zieht sich durch alle Epochen und Kulturen, wobei man gleichzeitig auch immer zusah, dass es bösen Menschen genau andersherum erging. Wobei das mit dem »Zusehen« wörtlich gemeint ist (die meisten Menschen schätzen den Anblick eines anständigen Zugunglücks). Über die gesamte Geschichte hinweg haben sich in dem Moment, in dem die Unerwünschten oder Kriminellen ihre finale Quittung erhielten, die Mitglieder ansonsten vollkommen zivilisierter Gesellschaften in Scharen eingefunden, um sich diese unbeerdigten Leichen ganz genau anzusehen.

Selbst an Orten, an denen öffentliche Hinrichtungen selten vorkamen, wurden die Leichen der Verurteilten zur Schau gestellt. Bei den Römern säumten gekreuzigte Leichen die Landstraßen vor den Städten. Gallische und britische Stämme hängten ihre getöteten Gefangenen in die Bäume. Zu Zeiten der Renaissance war es dann in Europa langsam üblich, spezielle Orte und Konstruktionen zu errichten, um den Leuten täglich und in ausreichender Dosis den Anblick von Leichen zu garantieren. Wobei die Botschaft unmissverständlich lautete: Tut nichts Illegales, sonst werdet ihr nicht in geweihter Erde begraben.

Spezielle Galgen, an denen Tote aufgehängt werden konnten, wurden auf Erhebungen am Stadtrand errichtet, auf dass man von überall her gute Sicht auf die Leichen hatte. Viele Städte schmückten ihre Brücken oder Mauern mit ganzen Reihen aufgespießter Köpfe. Und wenn jemand etwas besonders Schlimmes gemacht hatte, wurde seine Leiche in einen Käfig gesteckt und über einem Stadttor oder einer Wasserstraße ausgestellt. Und man musste nicht einmal hingerichtet werden, um in den

Genuss einer derartigen Zurschaustellung zu kommen: Oliver Cromwell war schuld an der Hinrichtung von Karl I. und starb irgendwann eines natürlichen Todes. Als dann in England wieder die Monarchie eingeführt wurde, waren ihre Vertreter immer noch ziemlich sauer auf ihn, weshalb sie die Leiche ausgraben und öffentlich ausstellen ließen.

Dieser Trend war aber keineswegs auf Europa beschränkt. Australien, Kanada und einige Länder im Nahen Osten stellten ihre weit weniger berühmten Toten ebenfalls zur Schau. Normalerweise sollten damit andere gewarnt werden, nicht ebenso unartig zu sein. Speziell Piraten waren beliebter Gegenstand einer posthumen Zurschaustellung: Man knüpfte ihre Köpfe oder Leichen an den Hafeneinfahrten auf, damit all diejenigen gewarnt waren, die ein Schiff kapern wollten. Wenn man nicht genügend Verbrecher zur Hand hatte, um die Käfige gefüllt zu halten, tunkte man die eine oder andere Leiche gerne auch mal in Teer, um sie ein paar Jahre länger haltbar zu machen.

Nun war aber nicht jeder ein Fan dieser Zurschaustellungen. Mal ehrlich: Will man wirklich jeden Tag auf dem Weg zur Arbeit eine vor sich hin rottende Leiche sehen? Den Menschen ging es vor 500 Jahren in dieser Hinsicht nicht anders als uns heute. Im 19. Jahrhundert setzte sich dann in den meisten Ländern die Auffassung durch, dies sei nicht nur eine überaus sadistische, sondern zudem auch übelriechende und extrem unhygienische Praxis.

Hängegalgen gehören in den meisten Ländern der Welt nicht mehr zum Strafvollzug, was aber noch lange nicht heißt, dass Bösewichte nach ihrem Tod nicht mehr ausgestellt werden. Mussolinis Leiche wurde 1945 in Mailand an den Füßen aufgehängt, damit seine ehemaligen italienischen Volksgenossen ihn treten und bespucken konnten. In jüngerer Zeit hat die

Technik die Funktion der Käfige übernommen: Fotos der Leichen von Saddam Hussein und Muammar Gaddafi gingen nach ihren Hinrichtungen via Internet um die Welt. Beim Tod von Osama bin Laden waren viele Menschen empört, dass kein Foto der Leiche veröffentlicht wurde. Aber keine Angst: Für den Fall, dass die Technik es nicht schafft, uns mit den entstellten Leichen von Kriminellen zu unterhalten, gibt es ja immer noch Reality-Shows wie *Here comes Honey Boo Boo*.

Die wundersame Welt der Nachrufe

Wenn jemand, den man liebt – oder der durch kosmische Fügung zumindest mit einem verwandt ist –, stirbt, befindet man sich womöglich in der Situation, sein oder ihr Leben in ein paar hundert Wörtern zusammenfassen zu müssen, auf dass die Öffentlichkeit das lesen kann. Nachdem einfache Todesanzeigen über Jahrhunderte gängiger Standard gewesen waren, wurden sie im 19. Jahrhundert in England und den USA dahingehend erweitert, dass nun auch noch persönliche Details aus dem Leben der verstorbenen Person beigefügt wurden. Und wie bei allen anderen Errungenschaften des viktorianischen Zeitalters übertrieb man auch hier: Der längste Nachruf aller Zeiten war der von Königin Viktoria persönlich; er umfasste mehr als 16 000 Wörter.

Wir können davon ausgehen, dass dieser Nachruf nicht sonderlich verschlüsselt war und ausschließlich nette Dinge enthielt. So etwas ist ja im Grunde auch Standard, denn die meisten Leute mögen es nicht sonderlich, wenn man an die Toten erinnert, indem man sie beleidigt. Journalisten hatten jedoch schon immer ihre Geheimcodes, um nachteilige Aussagen bezüglich einer Person vollkommen unanstößig rüberzubringen. So weist der Ausdruck »überraschend verstorben« oft auf Selbstmord hin, während »eine lebensfrohe Person« normalerweise einen Säufer bezeichnet. Es gibt jedoch auch Nachrufe, die auf jedwede Beschönigung verzichten. Als Dolores Aguilar im Jahr 2008 starb, fiel keinem ihrer 48 Nachkommen auch nur ein einziges freundliches Wort ein, dementsprechend wurde in einer kalifornischen Zeitung folgender Nachruf veröffentlicht:

»Dolores hatte keine Hobbys, leistete keinerlei gesellschaftlichen Beitrag und war ihr Leben lang weder zu einem freundlichen Wort noch zu einer guten Tat bereit. Ich spreche für die Mehrheit ihrer Familie, wenn ich sage, dass kaum einer sie vermissen wird, dass es kaum Tränen geben wird und dass kaum jemand ihr Dahinscheiden beklagen wird ... Es wird keine Trauerfeier, keine Gebete und keine Verabschiedung vonseiten der Familie geben, deren Zerstörung sie ihr Leben gewidmet hat.«

Autsch!

Kaum zu glauben ist auch, dass Menschen manchmal noch zu Lebzeiten ihren eigenen Nachruf lesen können. Doch Papst Johannes Paul II. musste erleben, dass gleich drei davon fälschlicherweise veröffentlicht wurden, bevor die Medien es dann im Jahr 2005 endlich richtig hinbekamen. Die Website des amerikanischen Nachrichtensenders CNN schaltete einmal versehentlich einen Nachruf auf Fidel Castro, in dem nicht nur die

Sache mit dem toten Diktator stand, sondern außerdem auch noch, er sei »Rettungsschwimmer, Leistungssportler und Filmstar« gewesen. Der aus Jamaika stammende Aktivist und Bürgerrechtler Marcus Garvey wurde sogar von seinem eigenen Nachruf getötet. Nachdem er eine Reihe von Schlaganfällen erlitten hatte, wurde in der Zeitung versehentlich sein Tod gemeldet. Garvey regte sich über die negative Haltung des Textes so sehr auf (unter anderem hieß es, er sei »verarmt, einsam und unbeliebt« verstorben), dass dieser Stress ihm jetzt wirklich den Garaus machte. Schlimmer als schlecht über die Toten zu reden, ist vielleicht, tot über die Schlechten zu reden …

**Der Tod ist nicht das Ende.
Es folgt noch
der Streit um das Erbe.**

Ambrose Bierce,
Autor (starb 1913)

Danksagung

Dieses Buch wäre ohne die Hilfe einiger wunderbarer Menschen nicht möglich geworden. Meinem Mann Simon danke ich dafür, dass er sich mit seiner wissenschaftlichen Denkweise ganz auf den Wahnsinn eingelassen hat, der das Autorendasein prägt, und darüber hinaus nie müde wurde, das Buch so gut wie irgend möglich werden zu lassen. Dank geht auch an Halli, meine liebenswürdige Lektorin, ohne die dieses Buch erst gar nicht entstanden wäre: für ihre Geduld, ihre unglaublich positiven E-Mails und dafür, dass sie mich an der Hand genommen und durch diesen aberwitzigen Entstehungsprozess geleitet hat. Ein herzliches Dankeschön an meine Familie und alle Freunde, die mich vor dem Durchdrehen bewahrt und Ideen beigesteuert haben, sei es online oder von Angesicht zu Angesicht. Bei meiner Mum und meinem Dad bedanke ich mich dafür, dass sie es seit dreißig Jahren mit mir aushalten, und bei meiner Schwester Lisa dafür, dass sie mich in der Woche, in der die erste Fassung dieses Buches fällig war, nicht darum gebeten hat, ihre Magisterarbeit Korrektur zu lesen.

Dank gebührt außerdem allen Herausgebern und Verlegern, die mich an diesen Punkt meiner Karriere gebracht haben, und darunter speziell denen von Cracked.com und Mental Floss. Ohne euch würde ich immer noch im Einzelhandel jobben. Ich schulde jedem von euch mein Erstgeborenes, also hoffen wir mal, dass es Siebenlinge werden.

Abschließend danke ich allen, die meine Texte gelesen, sowie denen, die dieses Buch gekauft haben. Habt vielen herzlichen Dank.

www.tropen.de

Meredith Rand /
Dagobert Prischke
Die kleine
Kapitalistensau

160 Seiten, broschiert,
Umschlag mit Goldprägung
ISBN 978-3-608-50336-4
€ 14,95 (D) / € 15,40 (A)

Mehr Win-Win geht nicht!

Investieren Sie noch heute in Ihre Zukunft! Profitieren Sie von komprimierter Powererkenntnis und knackigem Lesespaß! Zeigen Sie den Langschläfern, Trödlern und Bedenkenträgern, wie der Hase läuft! Als Teil einer globalen Leistungselite schulden Sie niemandem Rechenschaft. Aber Sie schulden es sich – und der Gesellschaft –, dieses Buch zu lesen!

Tropen